Gerd Schneider
Baden verboten, Atmen erschwert

Gerd Schneider

Baden verboten, Atmen erschwert

Arena

CIP-Kurztitelaufnahme der Deutschen Bibliothek

Schneider, Gerd:
Baden verboten, Atmen erschwert/Gerd Schneider. –
1. Aufl. – Würzburg: Arena, 1982.
ISBN 3-401-04010-3

1. Auflage 1982

Schutzumschlag von Pieter Kunstreich
Lektorat: Dorothea Keuler
Gesamtherstellung: Richterdruck Würzburg
ISBN: 3-401-04010-3

Inhalt

Erster Teil

Zweiter Teil

Erster Teil

Ein Unfall, der böse hätte ausgehen können

Der längste Tag des Jahres wurde abgelöst von einer düsteren Nacht. Das Licht der schmalen Mondsichel, die über dem Tellerrand der Ebene aufgestiegen war, kam nicht gegen die Schatten der Wolken an. Winzige zuckende Flammen, die aus schmalen hohen Schornsteinen schossen, zeigten an, wo in der Ferne die Fabriken lagen.

Bernd schob sein Fahrrad. Die Kette war abgesprungen, klickte und klackte. Er ging neben Elke. Daneben Kuno, dem es sonst selten die Sprache verschlug, aber heute war er ziemlich geschafft. Sie trotteten auf der menschenleeren Dorfstraße von der Sporthalle aus heimwärts. Sie kamen vom Tischtennis-Training. Klein, der Jugendwart, hatte seine Schützlinge an diesem Abend besonders hart rangenommen.

»Möchte bloß wissen, welcher Teufel den geritten hat«, bemerkte Bernd und blickte hinüber zu Elke, die dauernd damit zu tun hatte, ihre langen dunkelbraunen Haare aus dem Gesicht zu streichen. Sie kannten sich hier alle noch nicht lange. Sie beschnupperten sich noch. So schnell geht das auch nicht mit den Freundschaften. Immerhin fand Bernd es gut, daß jetzt mehrere aus seinem Viertel im Tischtennisverein waren, auch wenn sie so miserabel spielten wie dieser Kuno.

»Weiß nicht«, sagte Elke, ihre Sporttasche schlenkernd, »vielleicht wollte Klein es uns noch mal richtig zeigen vor den Ferien.«
»Kann sein«, sagte Bernd. Ihm war es im Grunde egal. Er galt als Talent und würde sicher in der nächsten Saison in der ersten Mannschaft spielen. Natürlich, oder besser gesagt: leider, hing das immer vom Wohlwollen des Jugendwarts ab.
Die Kette des Rads schleifte auf dem Boden. Bernd hatte jetzt keine Lust, sie wieder aufzumontieren.
Wie spät mochte es sein? Einmal die Woche durften sie länger aufbleiben. Es wurde auch nicht immer so spät wie heute. Außerdem gab es bald Ferien, da würden sie es zu Hause nicht so genau nehmen.
»Mann, was freue ich mich auf die Ferien!« seufzte Kuno. »Kann ich keinem sagen, wie ich mich freue!«
»Ich kann es dir nachfühlen«, sagte Elke, »geht mir genauso.«
»Wahrscheinlich geht es allen so«, meinte Bernd. Dann fragte er Elke: »Hast du dich schon an die neue Umgebung gewöhnt?«
Er staunte über die eigene Kühnheit. Es war eigentlich nicht seine Art, neugierige Fragen zu stellen.
Elke wohnte noch nicht lange in der Gegend. Ihr Vater hatte einen Job in einem Architekturbüro in B. bekommen.
»Es geht«, antwortete sie, »könnte mir auch was Schöneres vorstellen als dieses flache, langweilige Land.«
»Gefällt dir nicht?«
»Wird schon noch kommen«, sagte Elke. »In München war's jedenfalls schöner!«
Sie schoben an den alten Bauernhöfen vorbei, die am Rande des ursprünglichen Ortskerns standen. Sie hat-

ten noch keine Lust, sich zu trennen, zögerten den Zeitpunkt ihres Heimkommens hinaus. Ja, sie blieben noch stehen, unterhielten sich, als hätten sie wer weiß wie lange Zeit. Standen vor der verwitterten Ziegelmauer und schwatzten, wie es an den Vormittagen die Rentner des Dorfes taten, wenn sie auf das Mittagessen warteten. Genossen es, wie Verschwörer im Dunkeln zu stehen, während es bestimmt auf Mitternacht zuging, die erste Sommernacht angebrochen war mit jagenden Wolken und dem kühl schimmernden Mond. Der Wind umrundete raschelnd den Hof, suchte Einlaß, beugte die hohen Weiden, blies unter die Dachsparren der Scheune, bis mit spitzem Schrei ein schwarzer Vogel herausfuhr.

»Kommt doch!« drängelte nun Elke. Alles ließen die zu Hause sich auch nicht gefallen.

Die drei unterhielten sich über die Frage, wer Vereinsmeister würde. Die Meisterschaften begannen gleich nach den Sommerferien; Bernd war in der ersten Gruppe zugelassen und wollte viel trainieren in den nächsten Wochen. Er hatte sonst auch nichts weiter vor.

»Fahrt ihr nicht weg?« fragte Kuno.

»Nee«, sagte Bernd, »sie haben in diesem Jahr kein Geld. Sie sagen, sie müssen sparen.« Er meinte seine Eltern. Im übrigen hatte er, ehrlich gesagt sowieso keine Lust mehr, mit ihnen zu verreisen. Jedes Jahr waren sie in die Steiermark gefahren, ins Ferienhaus, wo man sich schlecht aus dem Weg gehen konnte, wo es ständig irgendwelche Spannungen gab, die nicht zu beseitigen waren, weil niemand darüber redete. Nein, Bernd fühlte sich einfach zu alt, um noch mit seinen Eltern zu verreisen.

»Wir auch nicht«, sagte Kuno und balancierte auf dem hohen Bordstein an der Hauptstraße, die sie überqueren mußten. »Wir haben auch kein Geld mehr wegen der Bauerei.«

So war das in dem Viertel, das durch diese Straße vom älteren Teil des Ortes getrennt wurde; die meisten Leute hatten erst in den letzten zwei Jahren gebaut, wohnten noch nicht lange hier, waren emsig damit beschäftigt, immer weiter zu bauen, Betonmauern um Häuser und Gärten zu ziehen, Garagen aufzustellen, Einfahrten zu pflastern, Zaunpfähle einzuzementieren, schmiedeeiserne Gitter vor Fenstern und an Balkonen anzubringen, damit nur ja kein Unbefugter eindringen konnte ...

Insgesamt war das neue Viertel ein Dorf für sich, mit Supermarkt, Tankstelle, Baugeschäft, Tapetenladen. Im Dorf selbst arbeitete kaum noch jemand. Fast alle fuhren morgens in die nahen Städte, in Behörden, Ministerien, in die Firmen, die Raffinerien oder in die Chemko KG.

Heute abend saß niemand mehr draußen. Es war nichts zu hören außer dem Wind. Oder war da noch ein Motorgeräusch? Ein Sirren, das in der Luft lag? Das nicht zu orten war?

Die drei zockelten weiter. Bald waren sie da. Sie wohnten nicht weit auseinander, im Karree, das begrenzt wurde von der Hauptstraße, der Buchenstraße, dem Eschenweg und den Feldern, auf denen der Weizen reifte.

Sie mußten noch einen leicht ansteigenden Hang hinauf, über die stillgelegte Bahnlinie, Teil einer früheren Bahnverbindung zwischen den Großstädten B. und K. Aber an die erinnerte sich kaum noch jemand.

Da war doch schon seit Jahren kein Zug mehr gefahren. Dachten sie.
»Kommt endlich!« Elke war schon zwei Schritte voraus.
»Oh, die Dame kriegt es mit der Angst!« spottete Kuno.
Bernd legte einen Zahn zu. Sie bogen von der Hauptstraße ab, auf der ihnen die aufgeblendeten Lichter eines Lastzuges entgegenkamen.
»Du blöder Hund!« schimpfte Bernd. »Abblenden, Mann!« Er schob das Rad mit beiden Händen die Steigung hinauf. Gleich würden sie über die Gleise kommen.
»Der denkt auch, Fußgänger wären keine Verkehrsteilnehmer!« Kuno drohte mit der Faust. Unten donnerte der Zwanzigtonner vorbei, nach dem sie sich umdrehten, um ihm Flüche nachzusenden.
In dieser Sekunde passierte es.
Bernd wurde das Fahrrad aus der Hand gerissen. Elke stieß einen Schreckensruf aus.
Ein Zug. Ein Zug!
Die drei waren wie gelähmt. Konnten erst nicht begreifen, was hier vor sich ging!
Das Rad rutschte einige Meter mit häßlichem Kratzen über den Asphalt, blieb mit leer drehendem Hinterrad liegen. Elke reagierte am schnellsten: sprang zurück, packte die beiden anderen, riß sie mit sich.
Unten verlor sich das Dröhnen des Lkw, dessentwegen sie das Nahen der Diesellok nicht bemerkt hatten. Doch wer rechnete damit, daß hier noch ein Zug fuhr! Und um diese Zeit!
Sie würden es kaum glauben, wenn sie es nicht mit eigenen Augen sehen könnten: Dicht vor ihnen dieser

geisterhafte Zug, langsam rollte er vorbei; der Motor der Lok war nicht zu hören gewesen. War eigentlich das Licht eingeschaltet gewesen? Tankwagen mit dunklen Kesseln. Zehn, fünfzehn? Ein Schaben von Metall auf Metall, Ächzen und Knarren der Schienen.
Die drei hatten Mühe, das zu begreifen. Ein leichter Fahrtwind strich über ihre Wangen, und sie hätten nur die Hand auszustrecken brauchen, um die Eisenverstrebungen zu berühren, das Geländer zu fassen an den Treppchen, die zu den Plattformen zwischen den Wagen hinaufführten. Doch sie standen die ganze Zeit wie erstarrt, bis der letzte Wagen vorbeigerollt war.
»Gibt's denn so was!« rief Kuno, der als erster Worte fand. »Ist ja phänomenal!«
Er sprang jetzt auf den Übergang und blickte hinter dem Zug her: Dort hinten verschwanden rötliche Punkte, wurden von der Dunkelheit geschluckt. Nein, es handelte sich nicht um einen Traum, weiß Gott nicht! Kuno schimpfte, Bernd fluchte, Elke sagte zunächst gar nichts.
»Mist, elender!« schrie Bernd, als er das Rad aufnahm. Leichtmetall, zehn Gänge, hellblau, und jetzt das Vorderrad vollkommen verbogen, verdreht; und die Gabel hatte es auch erwischt. Die Dinger waren auch nicht gebaut, um Zusammenstöße mit Dieselloks auszuhalten ...
»Ich krieg' zuviel!«
Kuno ging auf dem Übergang hin und her, suchte sinnloserweise auf dem Boden herum, als ließe sich dort die Lösung des Rätsels finden. »Wie konnte das denn passieren?« rief er.
»Wir haben nicht aufgepaßt«, sagte Elke, die nun auch die Sprache wiederfand.

»Ach was, nicht aufgepaßt!« knurrte Kuno ärgerlich. »Wer rechnet denn damit, daß hier ein Zug vorbeikommt! Ist sehr die Frage, ob die hier noch fahren dürfen!«
»Und warum sollten sie nicht dürfen?« fragte Elke. Sie sah sich um: In den Häusern ringsum war es dunkel wie zuvor geblieben. Niemand schien etwas bemerkt zu haben – was die Geschichte noch seltsamer machte.
»Weil es hier keine Warnanlage gibt, darum!« stellte Kuno fest. »Oder hat vielleicht eine Ampel auf Rot gestanden? Haben wir ein gelbes Warnlicht blinken sehen? Ich jedenfalls nicht. Hier gibt's so was gar nicht mehr, weil die Linie stillgelegt ist.«
Bernd schob sein Gefährt vor und zurück, um auszuprobieren, ob es noch zu gebrauchen war.
»Nichts zu machen«, klagte er, »das ist hin!«
»Wir haben Glück gehabt«, sagte Elke, »daß es nur das Fahrrad erwischt hat. Stellt euch nur mal vor, wir wären schon zwei Schritte weiter gewesen . . .«
»Eben, das ist es ja!« rief Kuno empört. »Das meine ich ja: Woher sollten wir denn wissen, daß es hier gefährlich ist? Die haben noch nicht mal gehupt!«
»Aber Schilder sind noch da«, sagte Elke, »hier, die gekreuzten weiß-roten Balken.«
»Das reicht doch wohl nicht aus«, meinte Kuno, der in Fahrt war. »Morgen werde ich mich genau erkundigen, darauf könnt ihr Gift nehmen. Wir werden diese Brüder anzeigen!«
»Wen denn?« fragte Bernd.
»Das werden wir noch herauskriegen, keine Sorge.«
Sie verließen die Unglücksstätte. Bernd mußte das Vorderteil seines Rads tragen, die anderen beiden halfen ihm dabei.

»Meinst du, daß ich die Karre ersetzt bekomme?« fragte er.
»Ich glaube schon«, sagte Kuno, »die sind doch bestimmt versichert.«
Sie fragten sich, wo der Zug herkam, wo er hinfuhr.
»Sicher in das chemische Werk«, sagte Kuno, »und sie bringen explosives Zeug hin. Oder warum sollten sie sonst mitten in der Nacht fahren, wenn sie nichts zu verbergen haben?«
»Warum haben sie nicht wenigstens angehalten?« fragte Bernd.
»Entweder sie haben uns nicht gesehen«, spekulierte Kuno, »weil sie müde oder besoffen waren. Vielleicht war es nur einer. Oder er wollte um jeden Preis Aufsehen vermeiden.«
»Hat Manni doch recht gehabt«, sagte Elke nachdenklich, nachdem sie eine Weile geschwiegen hatte.
»Wer? Welcher Manni?«
»Na Manfred, mein Bruder.«
»Ach so, der.«
Manni war acht, zählte also noch nicht. Aber wieso hatte der recht gehabt?
»Er hat kürzlich beim Frühstück behauptet, er habe in der Nacht einen Zug fahren gehört«, sagte Elke. »Wir haben das nicht ernst genommen, weil er ein wilder Träumer ist und schon alles mögliche behauptet hat.«
»Was sollen wir tun?« fragte Bernd, vor dessen Haus sie angelangt waren.
»Morgen melden wir die Sache«, versicherte Kuno, »und dann schreib' ich was in der Schülerzeitung drüber.«
»Macht's gut«, sagte Bernd. Hinter ihm ging Licht an im Hausflur. Es hatte so ausgesehen, als ob er noch

was sagen wollte, doch er zuckte nur mit den Schultern. Er lehnte das Rad an die Garagentür.
»Das klaut keiner mehr«, sagte er leise und winkte den beiden zu.

Aufsehen vermeiden

Es war kein schöner Morgen, naß und zu kühl für die Jahreszeit, wie es in den Wetterberichten hieß. Aber das war Bernd ziemlich egal, als er das kaputte Fahrrad wegschob, um das Garagentor freizumachen. Sein Vater mußte zur Arbeit, er würde gleich aus dem Haus kommen. Bei Tageslicht sah das schöne Rad wirklich sehr ramponiert aus. Der Rennlenker hing schief, Bernd hatte keine Hoffnung, daß die vordere Gabel wieder hinzubiegen war. Von der Felge gar nicht zu reden. Die ganze Geschichte kam ihm jetzt wie ein böser Traum vor, doch leider stand der handfeste Beweis für den nächtlichen Zwischenfall vor ihm an der Hausmauer.
Was sollte man tun? Zur Polizei gehen und die Sache anzeigen?
»Was ist das?« fragte der Vater. »Was hast du wieder angestellt?«
Er deutete auf das Rad. Er war ohnehin denkbar schlecht gelaunt am Morgen.
»Ich? Wieso ich?« sagte Bernd. Er fühlte sich wahrhaftig unschuldig. »Das war der Zug da unten! Hat Mutter dir nichts erzählt?«
»Welcher Zug? Fährt der etwa wieder?« fragte sein Vater.

»Ja«, sagte Bernd und begann, den Vorfall von gestern abend kurz zu schildern.
»Aber du hast das Rad geschoben?« wollte sein Vater wissen.
»Ja.«
»Und hast den Zug einfach übersehen?«
»Ja, sicher, sonst wär' ich ja nicht . . .«
»Damit ist der Fall klar!« unterbrach ihn sein Vater. »Wir sprechen uns noch deswegen.«
Schon saß er im Wagen.
»Moment, warte noch!« rief Bernd. »Soll man eine Anzeige machen oder was?«
Der Vater kurbelte die Scheibe herunter. Auf dem Kabelweg klingelte ein Trupp Schüler auf Fahrrädern vorbei. Ein Nachbar rangierte nebenan mit seinem Wohnwagen.
»Kommt nicht in Frage!« rief der Vater bestimmt. »Sei bloß froh, daß nichts weiter passiert ist! Wenn du nicht aufpassen kannst, kann man dir kein Fahrzeug in die Hand geben . . .«
»Aber . . .« Bernd wollte protestieren.
»Kein Aber! Du gehst eben in Zukunft zu Fuß oder nimmst den Bus!« Weg war er. Das Büro wartete.
»He, hallo!« rief jemand. Es war Kuno, der von der Gartenpforte her winkte. Sonst kam er auf seinem Schulweg hier nicht vorbei. Aber heute wollte er Bernd abholen.
»Das sieht ja toll aus!« sagte er, auf das Wrack zeigend.
»Kannste laut sagen!«
»Mußt du nicht zur Schule?« fragte Kuno.
»Doch, doch. Warte, ich komme mit zum Bus.«
Kuno meinte, er wolle sich erkundigen. Vielleicht

wisse irgend jemand besser Bescheid, was es mit diesem Zug auf sich habe. Bernd dachte, daß ihm das jetzt auch nichts mehr nützen würde.

»Das ist ein Ding!« sagte ein paar Stunden später ein Redaktionskollege von Kuno, als der die Geschichte vorgetragen hatte. Man hatte sich zur routinemäßigen Wochensitzung getroffen, um die Einzelheiten der letzten Ausgabe vor den Ferien zu besprechen. Die Schülerzeitung hieß ›Kokosnuß‹. Kein Mensch wußte mehr, wie man auf den Namen, den Kuno blöd fand, gekommen war.
Er war übrigens einer der jüngsten in der Redaktion. Aber einer der eifrigsten. Er setzte sich oft mit seinen Vorschlägen und Ideen durch. Als Thema für die nächste Ausgabe schlug er einen Bericht über diesen Zug vor. Er zweifelte nicht, daß die anderen anbeißen würden.
»Geht es uns etwa nichts an, wenn es hier lebensgefährliche Bahnübergänge gibt?« rief er.
»Ja, ja, du hast schon recht«, sagte der Chefredakteur der ›Kokosnuß‹, »aber wir sollten bei den Themen bleiben, die die Schule betreffen und davon gibt es genug!« Und als Kuno sofort Einspruch erheben wollte, fuhr er fort: »Ein Geisterzug! Wie im Schauermärchen, ehrlich! Geschichten für Kinder, hab' ich früher mal gelesen. Mit so was können wir uns doch nur lächerlich machen!«
Also, dieser Meinung war Kuno aber ganz und gar nicht. Er protestierte heftig und es gelang ihm, wenigstens drei der sechs Redakteure zu überzeugen, daß dies doch ein Thema sein könnte. Immerhin wohnten viele Schüler des Kepler-Schulzentrums in den Neu-

bausiedlungen, an denen die Bahnlinie vorbeiführte. Und einer wußte es genau: Endstation sei das Werk der Chemko, dessen Feuer man in der Nacht sähe. Er habe dort schon oft Güterwagen und Tankzüge stehen sehen. Allerdings sei das ja üblich bei den meisten Fabriken dieser Größenordnung, da mache sich doch keiner mehr Gedanken darüber.

»Kein Grund, daß wir es auch nicht tun«, sagte Kuno. Man dürfe doch wohl fragen, warum sie nachts führen, und fast ohne Licht!

Als sie auseinandergingen, war Kuno unzufrieden mit sich. Er dachte, daß er noch viel energischer hätte sein müssen. Aber er wußte ja selbst nicht genau, was er bezwecken wollte. Die Meinung des Chefredakteurs hatte eben doch den Ausschlag gegeben.

Auf dem Gang traf er Kurt Feldes, den Sozialkundelehrer. Mit dem kam Kuno am besten aus, schon deswegen, weil der Mann ein Diskussionspartner war, der sein Gegenüber ernst nahm, der zuhören konnte, ohne gleich eine ungeduldige Handbewegung zu machen.

»Kann ich Sie mal einen Augenblick sprechen?« fragte Kuno.

»Ja natürlich, was gibt's?«

»Kann man die Bahn verklagen?« fragte Kuno, nachdem er dem Lehrer den Vorfall von gestern abend berichtet hatte.

»Auf was wollt ihr sie denn verklagen?«

»Schadenersatz für das Rennrad, ist doch klar!«

»Nun mal nicht so stürmisch, Kuno Neuer. So einfach geht das auch nicht. Erst muß der Betroffene die Sache anzeigen, und das ist doch wohl dein Freund, wie heißt er . . .«

»Bernd Harich.«

»Ja, Bernd. Und dann braucht man Zeugen.«
»Die sind da. Wir nämlich, Elke Monschau und ich.« Kunos Miene drückte Zuversicht aus.
»Vielleicht solltet ihr auch erstmal rausfinden, ob tatsächlich ein schuldhaftes Verhalten seitens der Bahn vorliegt«, fuhr Feldes fort. »Ich glaube, hier handelt es sich um eine Privatbahn. Soviel ich weiß, müssen die Übergänge, sofern sie nicht durch Warnblinkanlagen gesichert sind, von Zugbegleitern oder sonstigem Personal mit roten Fähnchen abgesichert werden, wenn sich der Zug nähert.«
»Was sollen wir jetzt machen?« fragte Kuno.
Feldes riet nach kurzer Überlegung: »Ich würde sagen, man sollte die Geschichte auf keinen Fall auf sich beruhen lassen. Wo ist die nächste Polizeistation bei euch?«
»Im Dorf unten.«
»Geht da mal hin und meldet, was geschehen ist. Dann sehen wir weiter. Sie werden ja irgendwie reagieren müssen.«
Endlich ein vernünftiges Wort, dachte Kuno, wenn es auch nur ein halber Ratschlag war.
Er mußte nun Bernd davon überzeugen, daß er die Sache melden sollte. Schließlich war es dessen Fahrrad, um das es auch ging. Und mit Elke mußte er sprechen. Die sah er gewöhnlich an den Schulvormittagen nicht, weil die Realschule zweihundert Meter weiter weg war.
Kuno ging zum Sportplatz hinüber, in der Hoffnung, Bernd zu treffen, der dort öfters mit einer Clique herumbolzte. Es war nicht gerade nach Kunos Wünschen, nach fünf oder sechs Schulstunden die Tasche an den Rand des Spielfeldes zu legen und sich dann schwitzend und schreiend abzuhetzen, während Zuschauer

brüllten: »Los doch! Nicht so lahm, ihr Flaschen! Berti is watching you!« und die Mädchen in Grüppchen zusammenstanden und sich über wer weiß was amüsierten.
Elke würde mir schon gefallen, dachte Kuno flüchtig. Von ihr war leider nichts zu sehen. Auch von Bernd nicht. Kuno hatte keinen Grund, sein Heimgehen noch länger hinauszuzögern.

Am Nachmittag schlenderte er ziellos die Buchenstraße entlang. Über der Ebene stand hell und durchsichtig die Luft, saubere, weiße Wolken über den Kühltürmen, dünne schwarze Rauchfäden aus den hohen Schornsteinen lösten sich in einem wirren Gekreisel in der Höhe auf.
Bernd kam aus dem Elektrogeschäft.
»Ah, da bist du ja endlich!« rief Kuno, als seien sie hier verabredet gewesen.
Bernd hatte zwei Verbindungskabel zwischen Plattenspieler und Lautsprecher gekauft, wollte sie jetzt ausprobieren.
»Hast du etwa auf mich gewartet?« fragte er.
»Das nicht gerade«, erklärte Kuno. »Ich wollte dir nur sagen, daß Feldes uns geraten hat, den Unfall bei der Polizei zu melden.«
»Ach ja«, sagte Bernd leichthin, als sei die ganze Angelegenheit gar nicht mehr so wichtig. Dabei schmerzte der Verlust seines Rades ihn gewaltig.
Kuno war enttäuscht. »Und ich dachte, wir würden das jetzt in die Hand nehmen«, meinte er. »Es gibt da nämlich eine wichtige Sache, die ich erfahren habe.«
Bernd schwieg.
Kuno hakte ein: »Sie hätten wahrscheinlich den Über-

gang mit roten Fähnchen absichern müssen! Das haben sie nicht getan und deswegen kannst du auf Schadenersatz klagen.«

»Woher weißt du das?« fragte Bernd.

»Von Feldes. Das ist ein Lehrer von uns.«

Sie waren vor Bernds Haus angekommen. Das zu Schrott gefahrene Rad stand jetzt ganz hinten in der Garage.

»Mein Vater will das nicht«, entgegnete Bernd unwillig.

»Aber wieso denn bloß?«

Bernd antwortete nicht, fragte statt dessen: »Verstehst du was von dem Stereo-Kram?«

»Ein bißchen.«

»Dann komm mit rein. Kannst mir helfen, die Anlage einzurichten.«

Das überraschte Kuno. Er war noch nie bei Bernd gewesen und vergaß für eine Weile seine Absicht, ihn zur Polizeistation zu schleppen.

Bernds Zimmer lag unter dem Dach. Es war vollgestopft mit Sachen, die mit seiner Leidenschaft für Tischtennis zu tun hatten: Schläger, Poster, Zeitschriften, ein paar Bücher, Sportkleidung.

Sie bastelten an den Lautsprechern herum. Bernd legte Singles auf, alte Beatles-Platten, die er kürzlich auf dem Flohmarkt gekauft hatte; sein ganzes Geld war dabei draufgegangen. Die Anlage war übrigens auch gebraucht, genauer gesagt, sie war aus dem Wohnzimmer nach oben gewandert. Unten stand eine nagelneue mit 60-Watt-Lautsprechern und Mahagoni-Verkleidung.

»Weißt du, was ich glaube«, begann Kuno, während er eine Box in die richtige Position brachte.

»Nein, was?«
»Und du bist mir nicht böse, wenn ich es sage?«
»Blödsinn!« Bernd ahnte, was kam.
»Ich glaube, dein Alter will gar nicht, daß die Sache bekannt wird. Daß sie hochgespielt wird.«
»Kann schon sein«, gab Bernd zu. Kuno hat es erfaßt, dachte er. Sein Vater wollte das tatsächlich nicht. Er haßte Rummel, wie er sich ausdrückte. Was immer er damit meinen mochte. Er vermied Aufsehen. Außerdem hatte er sich nicht davon überzeugen lassen, daß Bernd keine Schuld an dem Unfall trug.
»Ich kann nichts machen«, meinte Bernd resignierend.
»Und wenn wir trotzdem was unternehmen? Er braucht es ja nicht zu merken.« Kuno ließ noch nicht locker.
»Hör endlich auf! Du hast gut reden!«
Es klopfte. Noch bevor Bernd »Herein« sagen konnte, steckte seine Mutter den Kopf durch die Türe.
»Ich hörte, du hast Besuch«, sagte sie.
»Ja.«
»Willst du mir deinen Freund nicht vorstellen?«
Kuno bemerkte sofort die Spannung zwischen Bernd und seiner Mutter.
»Das ist Kuno Neuer«, gab Bernd Auskunft. Kuno war es peinlich.
»Guten Tag, Kuno«, sagte Frau Harich mit etwas übertriebener Freundlichkeit.
»Guten Tag.«
»Ihr wollt doch sicher eine Tasse Kaffee, nicht wahr? Wartet, ich hole euch eine.« Damit verschwand sie.
»Komm, wir gehen!« sagte Bernd schroff. »Ich kann es nicht leiden, wenn sie hier immer schnüffeln kommt.«
Sie gingen rasch die Treppe hinunter.

»Wir müssen weg, Mutter«, rief Bernd.
»Aber ich wollte . . .«
»Nicht nötig, tschüs!«
Als sie draußen waren, meinte Kuno: »Bei euch ist auch nicht gerade Sonnenschein, was?«
Sie waren unschlüssig, was sie jetzt mit dem Nachmittag anfangen sollten.
Beim Parkplatz des Supermarktes wurden eben die Zwillinge Wörner weggejagt. Ein Bekittelter drohte hinter ihnen her: »Verschwindet und laßt euch hier bloß nicht mehr blicken!«
Was hatten die wieder ausgefressen? Carola und Siegfried Wörner entsprachen nicht unbedingt dem Bild, das man im allgemeinen von Zwillingen hat: weder sahen sie einander ähnlich, noch waren sie ein Herz und eine Seele, wie es so schön heißt.
»Hej, bleibt mal stehen!« rief Bernd. »Was ist denn los?«
»Ach nichts«, sagte Carola, ein für ihre zwölf Jahre ziemlich kleines, mageres Mädchen mit lebhaft hin und her huschenden Augen. Frettchen nannte sie ihr Bruder. Siegfried, der etwas behäbig wirkte, hatte von ihr den Namen Teddy bekommen.
»Dann sagt doch mal, warum sie euch weggescheucht haben«, wollte Kuno wissen. »Wahrscheinlich wolltet ihr grad was einstecken, wie?«
»Wir haben eben nicht soviel Glück wie ihr«, meinte Carola.
»Glück, wieso?«
»Hat sich doch schon rumgesprochen, daß euch gestern der Zug angefahren hat«, antwortete Carola.
»Da hört sich doch alles auf!« Bernd war empört. Zum Schaden auch noch den Spott! Und das von diesen hal-

ben Portionen, diesen Zwillings-Freaks, auf die man nun wirklich nicht zu hören brauchte.

Sie waren ganz ohne Absicht an der Ecke Kabelweg/ Pappelstraße stehengeblieben, die sich in den nächsten Wochen zu einem beliebten Treffpunkt entwickeln sollte, zum allgemeinen Beratungsplatz, zur Nachrichtenbörse und Gerüchteküche, wo vor allem die Zwillinge ihren Vorrat an Neuigkeiten unter die Leute bringen konnten.

»Weiß man doch«, fing Siegfried wieder an, »daß jetzt ab und zu ein Zug fährt, seitdem sie das Werk dahinten vergrößert haben.« Damit zeigte er die Pappelstraße hinunter, wo man im Einschnitt der Häuser am Horizont Fabrikschlote erkennen konnte. Schwarz wie scharf gezeichnete, dünne Striche standen sie in der klaren Luft.

»Habt ihr denn schon mal so einen Zug gesehen, wenn ihr hier so rumtönt?« fragte Kuno.

»Nein, das nicht. Aber davon gehört«, antwortete Carola ausweichend.

»Von wem?«

»Weißt du noch, von wem, Teddy?«

»Ja, von dem Knirps da!«

In diesem Augenblick kam Elke vorbei. In ihrem Schlepptau Manni, ihr Bruder, auf Rollschuhen. Er klammerte sich an sie, weil er hin- und herschwankte wie ein Schilfrohr im Wind.

Kunos Miene hellte sich auf, als er Elke sah. Aber die war so mit ihrem Bruder beschäftigt, daß sie zunächst weder Bernd noch Kuno noch die Zwillinge bemerkte.

Siegfried rief: »Manni, komm mal her!«

Elke begrüßte alle mit einem freundlichen Nicken.

Manni wurde gefragt und meinte dann, er hätte den

Zug schon zwei- oder dreimal gehört. Einmal habe das Rollen der Räder bestimmt zehn Minuten lang gedauert, und das müsse ein unheimlich langer Zug gewesen sein.
»Sollen wir uns nicht einfach auf die Lauer legen?« fragte Siegfried in die Runde.
»Und dann?« gab Kuno zu bedenken. »Willst du ihn anhalten, du Scherzbold?«
»Ich hab' mal ein Buch von Schmugglern oder so gelesen«, sagte Carola, »da ging es auch um einen Zug.«
»Das nützt uns ja sehr viel«, entgegnete Kuno. »Kann sein, daß alles gar nichts bedeutet. Wir müssen abwarten, was wird.«
»Genau!« sagte Carola.

Match verloren, Match gewonnen

Kuno zerbrach sich den Kopf. Kaute am Bleistift, starrte blicklos aus dem Fenster. Er hatte einige Blätter vollgekritzelt, packte sie jetzt, knüllte sie zusammen, warf sie in eine Ecke.
»Quark!«
Er bosselte an einer Meldung für die ›Kokosnuß‹. Zu lang durfte es nicht werden, dann war es keine Meldung mehr; andererseits wollte er möglichst viel hineinpacken, zündende Sätze, die den Leser vom Stuhl reißen sollten!
Eine weitere Papierkugel flog durchs Zimmer. Darauf stand: »Wer sich nicht wehrt, lebt verkehrt!« Den Satz hatte Kuno seltsamerweise an der Mauer eines Kindergartens gesehen, unbeholfen mit schwarzer Farbe hin-

geschmiert. Er war ihm gerade wieder eingefallen. Eigentlich nicht schlecht als Überschrift, dachte er, und schrieb erneut auf ein weißes Blatt: »Wer sich nicht wehrt, lebt verkehrt!«
Das ganze sollte eine Meldung über den Unfall am Bahnübergang werden. Am Schluß eine kurze Warnung und höchstens die Frage, wie so etwas hatte passieren können. Feldes hatte ja recht: Bewiesen war überhaupt nichts. Und doch, dachte Kuno, irgendwas ist da faul, so faul, wie die Luft hier manchmal riecht, nach Schwefel und sonstigem Dreck, der aus den Schornsteinen der Fabriken und Raffinerien kommt. Die Menschen laufen dann mit Gesichtern rum, als hätte man ihnen die Butter vom Brot gestohlen: bleich, mißmutig, krank. Aber darüber wollte er ja nichts schreiben.
Er nahm ein neues Blatt, notierte: »Fragen an die Schüler des Johannes-Kepler-Schulzentrums: Wer hat den Zug gesehen? Wer weiß Näheres über die Werksbahn der Chemko? Bitte um Hinweise und Zuschriften!« Das Blatt legte er auf seinen Schreibtisch, als Gedächtnisstütze sozusagen. Weit war er ja heute nicht gekommen mit seiner journalistischen Arbeit. Jetzt war es Zeit, zur Sporthalle zu gehen.

Auf der Straße schlossen sich ihm die Zwillinge an. Auch Andrea ging vorbei; sie war vierzehn, sehr groß für ihr Alter und modisch gekleidet.
»Hallo!« rief Andrea und winkte ihnen zu.
»Meint die uns?« fragte Carola. »Wer is'n das?«
»Hallo!« rief Kuno, winkte zurück. »Sie heißt Andrea, ist auch neu in unserer Schule.«
In der Sporthalle brodelte es, dampfte es vor Erwar-

tung und verhaltener Erregung. Immerhin handelte es sich um das entscheidende Spiel gegen den Abstieg, das letzte der Saison. Die Mannschaft mußte unbedingt ein Unentschieden herausholen, wollte man in der Oberliga bleiben. Die Anzeigetafel blinkte den Namen des Gegners, die letzten Zuschauer suchten sich Plätze auf den dicht an der Hallenwand gestaffelten Bänken. Wer hinten saß, hatte Pech. Es dauerte nicht lange, da hatten die Zwillinge schon die besten Plätze auf Klappstühlen, die sie irgendwoher organisiert hatten. Kuno zwischen ihnen, drei Fans auf zwei Sitzen, es mußte auch gehen.

Kaum saß Kuno, sprang er wieder auf.

Verblüffung.

Bernd hier, das war klar, aber im Trainingsanzug? Mit dem Tischtennisschläger in der Hand? Er drehte ihn prüfend, rieb über die Flächen.

»Bernd, was machst du denn hier? Spielst du etwa auch mit?« riefen die Zwillinge. Bernd spielte gut, man wußte es ja. In der zweiten Mannschaft hatte er fast alles gewonnen, doch für die erste kam er frühestens in der nächsten Saison in Frage. Das hatte Klein schon angedeutet.

Leichtfüßig, mit gerötetem Gesicht kam Bernd näher.

»Sicher spiele ich mit.«

»Wieso sicher?«

»Es sind welche ausgefallen. Klein hat heute mittag bei uns angerufen und gefragt, ob ich mitspielen kann.«

»Donnerwetter! Prima!« schrie Siegfried. »Jetzt kriegen wir was zu sehen!«

Bernd hatte keine Zeit mehr für sie. Er war nervös und aufgeregt, was man verstehen konnte. Das wichtigste Spiel für ihn bisher! Die Mannschaft spielte sich an den

grünen Platten ein, Scheinwerfer wurden reguliert: Tischtennisspieler sind empfindlich, sind darauf angewiesen, den weißen Ball genau zu sehen.

Elke? War im Gewühle am Eingang nicht Elke unter den Zuspätgekommenen? Kuno renkte sich fast den Hals aus, aber der Kampf begann, und gebannt verfolgten sie das Geschehen im abgeteilten Viereck in der Hallenmitte. Die Gegner, eine routinierte Mannschaft aus einem Verein in K., der vor einigen Jahren auch den Deutschen Meister gestellt hatte, schienen kurzen Prozeß machen zu wollen. Im Handumdrehen hatten sie zwei Spiele mit hohem Vorsprung gewonnen, die ersten beiden Doppel, dann auch das erste Einzel. Sie führten 4:3, als Bernd an die Reihe kam. Er mußte sich mehrmals die feuchten Handflächen am Handtuch abwischen, ehe es losgehen konnte.

»Mann, war ich aufgeregt!« erzählte er später. »Gespielt habe ich wie ein Anfänger!«

Der erwachsene Spieler auf der anderen Seite der Platte war seiner Sache sicher. Der erste Satz ging für Bernd prompt mit 12:21 verloren. Schlecht gespielt? Nervös, viele Bälle verschlagen. Beim zweiten Satz wurde das besser, obwohl der auch verlorenging, mit 21:23. Immerhin. Und in der Halle waren die ersten lauten Anfeuerungsrufe zu hören gewesen, war Stimmung aufgekommen, wie bisher noch nicht.

Bernds Mannschaft spielte dann plötzlich wie umgewandelt, schaffte Punkt um Punkt; und als Bernd zu seinem zweiten, alles entscheidenden Spiel an den Tisch mußte, stand es 7:8. Da die beiden letzten Doppel mit Sicherheit verlorengehen würden, mußte er unbedingt gewinnen, damit mindestens ein Unentschieden bei dem Kampf herauskam.

Übermäßig laut und scharf klang es, als die ersten Ballwechsel dieses Matches kamen. In der Halle war es still. Man hörte nur die Gummisohlen der Sportschuhe quietschen und mit häßlichem Geräusch auf dem Kunststoff radieren. Bernd verschlug einen Ball nach dem anderen, Fehler, die ihm sonst nie unterliefen. Siegeszuversicht beim Gegner: Kein Zweifel, es würde gegen diesen Knaben da drüben ein Spaziergang werden.

1:4, 2:6, dann sogar 2:10 gegen Bernd, tatsächlich, das sah nach einer großen Niederlage aus, und damit wäre der ganze Kampf entschieden.

Die Zwillinge zappelten auf den Stuhlkanten neben Kuno. Jugendwart Klein gab Bernd irgendwelche Anweisungen. Die Klapptafel des Schiedsrichters zeigte unerbittlich einen Fehler nach dem anderen an. So sehr der Junge sie auch fixierte, als wollte er mit hypnotischer Kraft verhindern, daß sie zu seinen Ungunsten bewegt wurde. Es stand 4:12. Bernd wäre am liebsten davongelaufen, oder in den Boden versunken.

Zum Glück schien der Gegner nun eine leichte Schwächeperiode zu haben. Oder er hatte angefangen, die Sache gar zu leicht zu nehmen.

9:15 nur noch. In der Halle war wieder Bewegung. Rufe. Anfeuerung. Bernd wurde zusehends sicherer. Es war, als bekäme er auf einmal mehr Luft. Doch auch der Gegner fing sich und spielte sein routiniertes Können aus.

Nach einer Viertelstunde war der erste Satz zu Ende, Bernd hatte 17:21 verloren.

Der zweite Satz. Nun machte Bernds Gegner den Fehler, das Spiel rasch gewinnen zu wollen. Den Knaben

von der Platte putzen! Der Mann schmetterte auf Teufelkommraus, was aber nur dazu führte, daß Bernd sich rasch auf diese Taktik einstellen und seine Verteidigungstechnik anwenden konnte.

»Das gibt's doch nicht!« rief der Mann, als es ihm zum wiederholten Male nicht gelang, einen scheinbar todsicheren Ball zu schmettern: Bernd brachte ihn zurück, noch dazu scharf angeschnitten, was den Gegner langsam zur Verzweiflung brachte.

»Doch, das gibt's, das gibt's!« schrien die Zwillinge.

15:9, 15:10, dann 16:11, 18:11, und schließlich hatte Bernd den zweiten Satz mit 21:16 gewonnen: ein hervorragendes Spiel, ein Sieg der Verteidigung.

Die Klapptafel zeigte im dritten entscheidenden Satz 8:4, 9:4, dann 11:4; doch der Gegner sammelte erneut Punkte. Bernd verschlug, verfehlte, drehte den Schläger, ging zum Handtuch. Hörte er in dem einsetzenden Trubel, was Klein rief? »Ganz ruhig, Junge, nichts überstürzen!«

Genau das tat Bernd: Er spielte zu hastig.

15:13 stand es nur noch, das Gesicht des Schiedsrichters unbeweglich; Bernd ging wieder zum Handtuch, wischte dann auch die Kanten der Platte sauber, auf die Schweißtropfen gefallen waren.

Der kritische Augenblick der Partie war erreicht!

15:15. Aufschlag Bernd Harich. Ein Hüsteln durchbrach die Stille. Bernd verschlug. 15:16.

Die Zwillinge sprangen auf, setzten sich. Für eine Sekunde wurde Kunos Aufmerksamkeit abgelenkt durch Elke, die am Eingang stand und gebannt das Spiel verfolgte. Kuno machte Zeichen, sie bemerkte nichts.

Ein resigniertes Stöhnen ging durch die Halle.

15:18. Kantenball, Glück für den Jungen. 16:18. Bernd hatte noch einen Aufschlag, setzte ihn sehr gut, der Gegner brachte viel zu hoch zurück: Schmetterball, ein Aufschrei. Aufschlagwechsel.

Bernd federte mit gekrümmtem Rücken wie ein Panther, tänzelte von einem Fuß auf den anderen, rieb mit flacher Hand den Schläger, als wollte er ihn beschwören. Es schien nichts zu nützen; zwei lange Ballwechsel, beide Punkte für den Gegner, 17:20.

In dessen Ecke wurde schon gejubelt.

Zu früh: Bernd kam auf 19:20 heran, dann stand es nach einem allerdings glücklichen Netzhüpfer 20:20, Gleichstand.

Die Halle raste.

Der Gegner ging betont lässig zum Handtuch. Der Mann wollte nicht zeigen, wie sehr ihn das Spiel des Jungen aus der Fassung brachte.

Bernd tigerte auf und ab, ballte die Faust, schien mit sich selbst zu sprechen, schien sich selbst Stöße zu versetzen.

Die nassen Haare hingen ihm in die Stirn. Die paar Punkte, die noch zu holen waren! Er setzte alles auf eine Karte, knallte die Bälle zurück: Treffer, einen verschlagen, wieder ein Punkt, 22:21, daneben …

»Das ist ja nicht zum Aushalten!« stöhnte Carola und griff sich an den Kopf.

Es stand 22:22, dann 23:22 für Bernd. Der Gegner schaute strafend seinen Schläger an, als trage der die Schuld. Er hatte noch einen Aufschlag, supergenau und raffiniert sollte er kommen, doch er kam zu hoch, Bernd schmetterte zurück mit sicherer Vorhand.

Punkt und Schluß und aus! Bei 24:22 blieb die Tafel stehen. Bernd warf die Arme hoch, nahm die Gratula-

tion des Gegners entgegen, der sich ein Lächeln abrang.
»Bravo!« schrien sie in der Halle, Carola und Siegfried klatschten wie wild, während sich Bernd von den Mannschaftskollegen und Klein auf die Schultern klopfen ließ: »Gut gemacht, Junge! Ehrlich, das ist unser Mann für die erste Mannschaft!«
Im Gedränge, das nach dem Kampf im Umkleideraum herrschte, flogen Scherze hin und her, wurden die Höhepunkte des Matches besprochen. Allgemeine Erleichterung. Klein lehnte im Türrahmen, zufrieden mit seinen Leuten, wie es schien. Sie lachten, freuten sich wie die Kinder. Einer spritzte mit Wasser, sie schüttelten sich, sie rauften aus Spaß. Ein anderer fragte Bernd so nebenbei, wie das mit dem Unfall war, von dem er dieser Tage gehört habe. Sie saßen gerade nebeneinander auf der Lattenbank und zogen sich die Schuhe an.
Der Unfall, welcher Unfall?
»Ach so, das meinen Sie!«
So hielt die rauhe Wirklichkeit wieder Einzug. Wahrhaftig, ein ungünstiger Moment für dieses Thema, und dann sagte der Mann auch noch: »Hier, unser Meister Klein, der kann dir vielleicht helfen, mein Junge. Der arbeitet doch in dem Werk, wo die Bahn hinfährt.«
»Was kann ich? Wem soll ich helfen?« Trotz des Trubels hatte Klein das gehört.
Bernd hatte jetzt aber überhaupt keine Lust, schon wieder von dem idiotischen Unfall zu sprechen. Das Rad war eben hin und genug damit!
»Los, sag's ihm!« drängte der Nachbar auf der Bank, »Junge, das mußt du ausnützen, daß er jetzt grad so guter Stimmung ist.«

Also gut, und Bernd sagte es Klein, der sich auch neben ihn gesetzt hatte. Bernd berichtete ihm in knappen Worten von dem Vorfall und fragte dann, eher schüchtern als fordernd, was er in der Sache nun unternehmen solle.
»Gar nichts!« sagte Klein überraschend scharf, daß Bernd zusammenzuckte. »Wenn man so dämlich ist! Haltet euch bloß aus diesen Dingen raus!«
Nanu, was hatte der Mann denn?
»War ja nur 'ne Frage«, beschwichtigte ihn Bernd.
»Sei nicht so unfreundlich, Klein«, sagte der Mannschaftskollege. »Der Junge hat uns gerettet und du pfeifst ihn an. Wie find' ich das denn!«
»War ja nicht so gemeint«, lenkte Klein ein.
Bernd wußte nicht, was er sagen sollte. Eigentlich hätte er den Jugendwart gerne noch gefragt, wie das mit dem Platz in der ersten Mannschaft war. Doch das Gejohle ringsum war nun zu laut, alle drängten aus den Umkleideräumen hinaus: Man hatte Durst, man wollte in die Kneipe. Siegesfeier.
Draußen standen wie ein Empfangskomitee Kuno, die unruhigen Zwillinge, die sich wegen irgendwelcher Kleinigkeiten in der Wolle hatten; und auch Elke war noch dageblieben, um dem Helden zu gratulieren.

Eine vielversprechende Entdeckung

Es waren die Zwillinge, die die Sache publik machten. Sie kamen mit der Nachricht an den Treffpunkt Kabelweg/Pappelstraße: Die Kiesgrube ist frei!
Eine Menge Kinder und Jugendliche hatten sich wie-

der an der Ecke versammelt. Der Schulbetrieb schleppte sich in den letzten Zügen dahin, versickerte mehr und mehr in der um sich greifenden Sommerträgheit. An Schulaufgaben dachte niemand mehr. Die Kleineren des Viertels radelten auf den Straßen umher, fuhren Rollschuhe und Skateboard, trieben allerhand Unsinn. Einige hockten vor ausgebreiteten Decken, auf denen Comics und ausrangiertes Spielzeug feilgeboten wurden: Flohmarkt, improvisiert, die große Mode in diesen Tagen. Die Größeren hatten sich abgesondert, standen da und redeten. Kuno und Bernd, Andrea und Elke kamen jetzt immer öfter hinzu.
»Also, nun mal langsam«, sagte Kuno, »drückt doch bitte klar und deutlich aus, was ihr wollt!«
»Mensch, ihr versteht überhaupt nichts!« sprudelte Carola hervor, »wir können baden! Wir haben jetzt einen eigenen See!«
»Gratuliere zu eurem See!« sagte Bernd ironisch. »Wie seid ihr daran gekommen?«
»Ja, erzählt mal. Wir hätten auch gerne einen See!« ertönte es in der Runde.
»Oh, dieses Banausenvolk! Sie wollen nicht verstehen!« Carola faßte sich mit dramatischer Geste an den Kopf. »Sag du es ihnen, Teddy.«
»Ein See für uns alle«, erklärte Siegfried, »in einer alten Kiesgrube, in der nicht mehr gearbeitet wird.«
Woher sie das wüßten?
»Erst haben wir es gehört, und dann mit eigenen Augen gesehen.«
»Wunderbares, klares Wasser!« schwärmte Carola.
Kurz, es ging um folgendes, wie sich nach dem umständlichen Bericht der Zwillinge herausstellte: Eine der Kiesgruben, von denen es mehrere in dieser

Gegend gab, war stillgelegt worden. Seit ungefähr einem Jahr wurde anscheinend nicht mehr gefördert, und nun hatte sich die Firma offenbar endgültig aus dem Gelände zurückgezogen. Auf dem Grund der Grube hatte sich mit der Zeit ein See gebildet.

Bisher hätte sich kein Mensch um die Grube gekümmert, behaupteten die Zwillinge, und das würde auch bestimmt so bleiben. Das Gelände läge abseits und würde kaum Spaziergänger anziehen. Nun ja, das war etwas, das neugierig machte. Baden in einer Kiesgrube, eine verlockende Idee!

»Wer kommt mit?« rief Carola unternehmungslustig.

Gut, anschauen kostete nichts.

Ein Trupp machte sich auf den Weg. Kuno riet zur Vorsicht, weil, wenn sie jetzt schon auffielen, aus dem Baden nichts würde.

Carola ging munter voran, die anderen im Gänsemarsch hinterher über Feldwege, durch Plantagen mit niedrigen Apfelbäumen, dann Kirschbäume, die voll hellroter Früchte hingen. Diesen Weg hatten die Zwillinge gestern entdeckt, als sie mit dem Hund des Nachbarn, den sie manchmal ausliehen, spazierengingen.

Unvermittelt standen sie am Abgrund.

»He, was ist das?«

»Vorsicht!« warnte Siegfried. »Hier müssen wir lang.«

Es war nicht ungefährlich: praktisch quer durch den Obstgarten zog sich ein Riß durch die Erde, wo die Schaufeln des mächtigen Baggers gewütet hatten und wo es steil hinabging, mindestens dreißig Meter. Lediglich ein halb umgesunkener, rostiger Zaun deutete die Gefahr an. Und ein Schild: »Betreten für Unbefugte polizeilich verboten!« Aber wen störte das schon.

Siegfried führte ortskundig. Unten schimmerte der

See, nicht blau, eher grün, sauber und einladend das Wasser.
»Ist ja toll!« rief Bernd begeistert.
Kein Mensch weit und breit. Sie kamen an einen grasbewachsenen Abhang, dort mußte der Zaun überstiegen werden. Kein Problem. Von unten konnten sie die ganze Größe der Kiesgrube ermessen, die riesige Steilwand auf der einen Seite erkennen, wo oben der Obstgarten war. Blanke weiße und braune Kiesel lagen am Ufer; schwimmende Förderbänder, die auf Pontons quer über den See führten, schaukelten leicht hin und her. Man könnte auch sagen, es war ein größerer Teich von vielleicht anderthalb bis zwei Fußballfeldern Ausdehnung. Aber »See« hörte sich besser an: Unser See und unsere Kiesgrube! Drüben noch die Teile der Anlagen, wo früher die Lastwagen mit Sand und Kies beladen wurden. Die Förderbänder führten von dem Schwimmbagger, von dem allerdings nur noch die Plattform übriggeblieben war, hinauf zu einer Verteileranlage, wo früher grobes und feines Material getrennt wurde, und weiter zu den vier mächtigen verrosteten Silos. Gelbe Farbe fiel in großen Placken von ihnen ab.
»Na, was sagt ihr?« fragte Carola, blickte stolz umher, als gehöre ihr das Ganze. Sie standen staunend inmitten dieser Kulisse, und es kam ihnen irgendwie unwirklich vor, wie für einen Krimi oder Abenteuerfilm aufgebaut und eingerichtet. Welche Überraschungen der Ort für sie noch parat halten würde, konnten sie allerdings nicht ahnen. Vorerst genossen sie den sonnigen Nachmittag, tobten herum, durchstreiften das Gelände, bewarfen sich mit Sand, schleuderten flache Steine über das Wasser hin.

Bernd und Siegfried balancierten mit ausgebreiteten Armen über die schwankenden Förderbänder: ein Gang über das nasse Element, über unsicheren Grund, unter Kreischen und Schreien vom Ufer aus, unter ängstlichem Gebrüll von Carola, die wie eine aufgeregte Henne herumtuckerte: »Teddy! Komm sofort zurück!«
Kuno inspizierte einige Ecken des Geländes, stieß auf verrottete Geräte, Schaufeln, Hacken, Zahnräder mit schweren Zacken, Felgen, Motorteile. Sogar eine kleine Raupe stand noch herum. Eine Waage, auf die die schweren Laster gefahren waren, das Wiegehaus, ein massiver, fester Betonbunker, der dem allgemeinen Verrottungsprozeß bislang standgehalten hatte; die Tür abgeschlossen, die Fenster vergittert, blind verstaubt die Scheiben.
Als Kuno zurückging, bemerkte er, wie sich Steine vom Steilhang lösten, ins Wasser fielen, wie Sand rieselte.
»Da sollte man nicht zu nahe ran«, sagte er zu Elke, »könnte unangenehm werden.« Er zeigte es ihr: Wenn man eine oder zwei Minuten lang hinsah, den Blick auf die Wand konzentrierte, stellte man fest, daß ein ununterbrochenes dünnes Rinnsal aus Sand und Steinen herunterfiel.
Bernd und Siegfried waren zurück, schnaufend, glücklich über das gelungene Abenteuer und stolz auf die Leistung: waren sie doch mindestens hundert Meter über das Wasser gegangen, ohne einen Tropfen abzubekommen.
»Morgen kommen wir wieder«, rief Manni, »und dann baden wir richtig!«
»Genau!« sagte Carola.

Sie gingen. Am Horizont zuckte Wetterleuchten. Über die Hügel kam der Abend in die Ebene herein.
Aus ihrem Plan mit dem Baden wurde aber vorläufig noch nichts. In den nächsten Tagen regnete es in Strömen, es regnete Bindfäden und schien überhaupt nicht mehr aufhören zu wollen. Ein warmer, schmieriger Regen, der aus niedrigen Wolken herabstürzte. Von wegen Ferienstimmung! Es lag ein übler Schwefelgeruch in der Luft. Von Cadmium, Blei, Quecksilber und dem, was sonst noch alles von den Fabriken und Chemiewerken in die Luft gepustet wurde, bekamen die Menschen Kopfschmerzen. Alle, ob sie es wollten oder nicht, waren indirekt in den Produktionsprozeß mit einbezogen, mußten diese Ausdünstungen einatmen.
»Ach, man gewöhnt sich daran«, sagten manche, doch andere, die mit Übelkeit kämpften und mit unerklärlichem Druck in der Brust herumliefen, widersprachen: »Das ist doch bestimmt nicht normal! Wenn das sich man bloß nicht gesundheitsschädlich auswirkt auf die Dauer!«
»Aber was soll man tun?«
»Da kann man gar nichts tun! Man muß auf besseres Wetter warten. Haben wir doch immer so gehalten.«
»Nein, beschweren sollte man sich!«
»Und wo, bitte sehr?«
»Herrgott nochmal!« schrie einer, dem der Kragen platzte. »Es muß aber doch einen Weg geben! Man kann doch nicht alles schlucken!«

Ausflug ins Ungewisse

»Ich dachte«, sagte Elke später zu einer Freundin, »also ehrlich, ich dachte, die haben sie doch nicht mehr alle. Sind sie denn verrückt geworden, so was zu machen! Wir sind doch hier nicht in einem Kriminalreißer oder was. Jedenfalls dauerte es eine Weile, bis wir begriffen hatten, daß sie wirklich aufgesprungen und dann verschwunden waren, einfach so. Wahrscheinlich wußten die selber nicht, was sie taten!«
Das stimmte. Sie wußten es nicht. Doch der Reihe nach: An jenem Abend hatte es aufgehört zu regnen, kurz danach war der Treffpunkt Ecke Kabelweg/Pappelstraße schon bevölkert gewesen. In drei Tagen waren endlich die Ferien da. Wurde auch Zeit.
»Der Zug fährt jetzt jede Nacht«, behauptete Manni, »ich höre ihn sogar, wenn ich schlafe.« Er wußte Uhrzeiten zu nennen: mal vor elf, mal nach zwölf. Als ob er Buch darüber geführt hätte. Wahrscheinlich wollte er sich bei den größeren Jungen aber nur wichtigmachen. Es tat ja immer gut, wenn man was zum besten geben konnte, was die anderen noch nicht wußten. Wie dem auch sei, einer machte den Vorschlag, hinunter zur Bahnlinie zu gehen. Man könnte genausogut auch dort stehen und quatschen und bei dieser Gelegenheit mal die Augen aufhalten.
»Oder die Schienen untersuchen«, rief Siegfried.
Die Schienen?
Ja, vielleicht fände man was.
Sie gingen also die Eschenstraße hinunter, blödelten, und so langsam wurde es dunkel: Die Rolläden rasselten, was immer sehr aggressiv klang. Manni mußte nach Hause, da war nichts zu machen.

Ein Mähdrescher rumpelte über den Bahnübergang, wo der Unfall passiert war, die Bauern nützten jede regenfreie Stunde sofort aus, um das Getreide zu bergen.
Elke balancierte auf den Gleisen, Kuno reichte ihr galant die Hand. Bernd und die Zwillinge hüpften wie Känguruhs von Schwelle zu Schwelle.
Nach einigen Minuten rief Siegfried: »Seid mal ruhig!«
Kuno ließ Elkes Hand los. Er fühlte sich, als könnte er Bäume ausreißen.
»Ich glaub', da kommt was«, flüsterte Siegfried.
Es war still. Sie lauschten mit vorgeneigtem Kopf. Ein Geräusch, ein verhaltenes Rollen, ein leises Beben.
»Die Diesellok«, sagte Siegfried.
»Kann sein. Kann auch der Mähdrescher sein.«
»Wir werden ja sehen«, beharrte Siegfried. Er hatte recht, denn langsam, ganz sachte näherte sich nach einer Minute die Lok mit abgeblendeten Scheinwerfern.
»Zur Seite, Frettchen!« Siegfried zog seine gaffende Schwester von den Schienen.
Das Stampfen der schweren Maschine. Die ersten Wagen knirschten vorbei, die Schienen zitterten und der Boden vibrierte. Von Zugpersonal war wieder nichts zu sehen. Gleich würde der Spuk vorbei sein, da rief Bernd: »Komm!« und dann, noch bevor ihn jemand daran hindern konnte, schwang er sich auf das eiserne Trittbrett eines Wagens, schnellte hinauf wie eine Feder, und Kuno, er wußte selbst nicht wie, wurde vom plötzlichen Impuls ergriffen und machte es seinem Kumpel nach. Lief zwei, drei Meter nebenher und stand dann ebenfalls auf der Trittstufe, unterhalb von Bernd, der schon höher geklettert war.

Wahnsinn! schoß es ihm durch den Kopf, dann sah Kuno noch, wie die anderen von der Dunkelheit zugedeckt wurden, sah die schwarzen Umrisse ihrer Körper, die hellen Gesichter, bleiche Ovale, die rasch zerflossen.
Hatte jemand nachgerufen?
»Das könnt ihr doch nicht machen!«
Der Ruf verhallte. Bernd und Kuno fuhren davon.
Der Zug zwischen hohen Böschungen. Kuno hatte sich instinktiv in Sicherheit gebracht, war zu Bernd hinauf auf die Plattform geklettert. Weichen, Holpern, die Jungen wurden herumgeschleudert, der Zug fuhr schneller. Kuno fühlte, wie kalte Schweißbäche seinen Nacken hinabliefen. »Was machen wir hier bloß?« fragte er. Als ob diese Frage ihre Unbesonnenheit erklären könnte.
Bernd gab keine Antwort, starrte geradeaus, als wollte er den nächsten Wagen mit seinen Blicken durchbohren. Man konnte trotz der Dunkelheit das Wort »Chemie« in gelben Buchstaben auf der Rückseite des Tankwagens erkennen. Irgendein Name stand noch dahinter und unverständliche Zeichen. In dem Tank war Zeug, das sie bestimmt zur Chemko schafften, aus dem sie einen Kunststoff herstellten, wie Kuno inzwischen wußte. Benzol, Phenol, Xuol, Vinylchlorid, oder wie der Kram hieß. Im Chemieunterricht hörte man diese Namen und vergaß sie ganz schnell wieder. Und wenn sich jetzt infolge eines technischen Defektes ein Ventil öffnete – nein, nicht dran denken!
Kuno hätte das Unternehmen gerne rückgängig gemacht, säße statt auf dem rüttelnden Blech lieber in seinem Zimmer mit einem Buch. Mit einem Abenteuer-Buch, bei dem es einem richtig in die Glieder fuhr.

Aber er konnte auch nicht ewig dem Bernd Ruhm und Bewunderung der anderen überlassen ...
Bernd rief, wobei der Wind ihm die Worte vom Mund riß: »Wir fahren ein Stück mit und sehen dann weiter. Ist es nicht toll!«
Toll? Was soll toll sein, dachte Kuno. Er versuchte, sich mit dem Gedanken zu beruhigen, daß sie ja immer noch abspringen konnten, sobald sie aus den Siedlungen heraus und auf freiem Feld wären. Wir gehen zurück und erzählen morgen, wie es gewesen ist. Oder vielleicht stehen sie noch am Übergang und warten.
Der Supermarkt mit den hellerleuchteten, gelben Schildern, die weiß verklinkerten Häuser am Rand des Dorfes, Gärten glitten vorbei.
Bernd federte in der Hocke, klammerte sich mit beiden Händen an das kühle Metall. Er fühlte gespannte Erwartung, die sein Herz schneller schlagen ließ, seine Lippen zusammenpreßte: Es war wieder wie vor einem entscheidenden Match. Eine Erregung, die man kaum aushalten kann und doch auf keinen Fall missen möchte, die Hochspannung, die jeder Sportler und Kämpfer kennt. Angst? Ja, die auch, doch von Bernd nicht so sehr als Bedrohung empfunden wie von Kuno.
»Wir fahren zu schnell!« schrie Kuno und stieß seinen Freund in die Rippen. Bernd nickte: Ja, sicher. Was sollte man dazu sagen?
An Abspringen war überhaupt nicht mehr zu denken! Sie hätten sich unweigerlich das Genick gebrochen. Höchstens ein Stuntman hätte es geschafft.
»Wir rasen!« rief Kuno weinerlich.
»Beruhige dich!« Bernd klopfte ihm, so gut es in ihrer unbequemen Lage ging, auf die Schulter. »Wenn der Zug hält, machen wir die Mücke, und fertig!«

Und fertig, dachte Kuno, der hat Nerven.
Nichts haßte er mehr als Situationen, in denen er nichts mehr tun konnte und ausgeliefert war. Nur gut, daß er nicht allein war. Die Plattform schien jeden Augenblick unter ihren Füßen zerspringen zu wollen. Der Zug hatte die Geschwindigkeit eines normalen Güterzuges aufgenommen, die Jungen hielten sich krampfhaft am Geländer fest, stemmten den Rücken gegen die rauhe Wand des Tankwagens, um zusätzlichen Halt zu finden. Die massige Rundung des Wagens vor ihnen hüpfte in den Schienen, als sei der Wagen ein Spielzeug.
Funken stoben unter ihnen, zwischen den Rädern, Metall kreischte, die Kupplung krachte; miteinander reden war bei dieser Höllenfahrt nicht mehr möglich! Sie konnten sich nur noch durch Zeichen verständigen. Felder huschten im Zwielicht vorbei, kleine Tannenschonungen; die Glashäuser der Gärtnereien blinkten matt. Ein Reitplatz, eine Mühle, dann Brachland mit Sträuchern, die geduckt wie ängstliche Tiere hockten. Müllhalden, ein Schrottplatz, von trübem Licht notdürftig beleuchtet. Der Fahrtwind kühlte ihre heißen Gesichter. Wie lange waren sie jetzt unterwegs? Kuno kam es endlos vor. Er war völlig benommen von dem Gerüttel, als seien seine Gehirnzellen durcheinandergeworfen worden. Seine Knie waren weich und flappig wie zu lange gekauter Kaugummi, die Hände klamm und kraftlos – mein Gott, hörte das denn nie auf?
Ein Ruck ging durch den Zug, Puffer stießen krachend zusammen. Es war, als hätte man Kunos stilles Flehen erhört: Bremsen wurden angezogen, der Zug verlangsamte seine Fahrt, eine Fabrik tauchte auf, blaue Neonschrift: »Chemko KG.« Was sie ja vermutet hat-

ten. Parkplätze, Gebäude, Signale, rot und grün, Schranken. Noch war Zeit abzuspringen. Sie würden möglicherweise auf die Böschung stürzen, aber es würde bei der Geschwindigkeit nicht gefährlich sein. Sie hatten ihr Abenteuer gehabt, konnten sich davonmachen.

»Springen wir!« rief Kuno auch schon und zog Bernd am Hemd. Der zögerte.

»Worauf wartest du noch, Menschenskind!« Kuno stieg hinunter, machte schon Anstalten zu springen, suchte den richtigen Platz und Augenblick. Endlich kam Bernd nach, nun auch bereit, den Zug zu verlassen, wie er ihn betreten hatte, ohne Fahrkarte ...

Aber aus dem Abhauen wurde nichts.

»Verdammt!« fluchte Kuno, duckte sich in den Schatten.

Was war los?

»Es geht nicht!«

Nein, es ging nicht mehr, es war vorbei mit dem Abspringen: Sie fuhren durch ein Tor, durch eine geöffnete Schranke auf das Werksgelände. Die Jungen machten sich ganz klein.

Eine Wachbude, ein Mann in Uniform.

Und dann hielt der Zug.

Elke sagte später: »Also ehrlich, wenn ich daran denke, wie die plötzlich aus heiterem Himmel auf den Zug gesprungen sind, als hätte sie was gebissen! Sogar den Zwillingen verschlug's die Sprache! Fassungslos waren sie, dann wollten sie hinterherlaufen, aber das ging natürlich nicht. Ein unheimliches Gefühl, als der Zug plötzlich weg war, und man wußte, daß Bernd und Kuno dabei waren. Wir haben überlegt, was wir tun sollten, aber dachten, daß die bald wieder auftau-

chen würden. Was sollten wir schon tun? Es war spät, und wir konnten die Burschen doch nicht verraten!«

Werksbesichtigung

Es war so still auf einmal. Das fiel ihnen auf. So still, als hätte man auf sie gewartet. Vorsichtig spähten sie um die Ecke des Tankwagens.
»Was siehst du?« wisperte Bernd.
»Nicht viel«, gab Kuno zurück. Doch, vorn kletterten zwei Männer von der Diesellok und entfernten sich. Die hatten also nichts Verdächtiges bemerkt. Oder? Nein, nein, sie gingen davon, hoben sorgfältig die Füße an und stiegen über die Schienen und Schwellen hinweg wie Leute eben, die Feierabend haben. Bernd hing wie ein Äffchen über Kunos Schulter.
»Was jetzt?«
»Zurück. Was denn sonst?«
»Wir können ja schlecht einfach durchs Tor hinaus«, sagte Kuno, »die würden Augen machen.« Er hatte sich etwas gefangen. So gefährlich schien das mehr oder weniger unfreiwillige Abenteuer, in das er da mit Bernd hineingeschlittert war, ja nun doch nicht zu werden. Der Zug stand, und das war gut. Es gab ein festes Ziel: wieder raus aus dem Werk und nach Hause. Dann konnte er sich beruhigt ins Bett legen.
»Am besten ist«, flüsterte Bernd, »wenn wir ein Stück auf den Schienen zurückgehen und eine Lücke im Zaun suchen.«
»Ja, gut.«
Sie schlichen am Zug entlang, jeden Augenblick darauf

gefaßt, auf Arbeiter zu stoßen. Weichen, Prellböcke, eine Ablauframpe, auf der Güterwagen standen.
»Wollen wir uns nicht ein bißchen umsehen?« fragte Bernd. »Jetzt sind wir schon mal hier . . .«
»Nein, lieber nicht!« zischte Kuno. »Wir sollten abhauen. Noch hat uns keiner gesehen.«
»Vielleicht entdecken wir was Interessantes.«
Kuno wehrte ab.
Aber was sie entdecken sollten, würde ihnen gar nicht lieb sein. Vor allem Bernd nicht, der so scharf auf Entdeckungen war.
Zunächst versuchten sie, sich zu orientieren. Das Gelände war durch Hunderte von Lampen beleuchtet. Allerdings nicht besonders hell. Zwielicht, rote Fackeln auf manchen Schornsteinen. Stechender Geruch nach Chemikalien, nach Schwefel, nach Öl und Benzin.
»Komm, versuchen wir's hier mal.« Geduckt schlichen sie dahin, ließen das Rangiergelände hinter sich, mußten Husten unterdrücken, und die Augen fingen auch schon an zu tränen. Weiß Gott kein Vergnügen, sich auf dem Gelände einer chemischen Fabrik herumzutreiben. Aber schließlich hatte sie ja auch keiner dazu eingeladen . . .
Kessel ganz unterschiedlicher Größe, ein Gewirr von Röhren, Leitungen, Verstrebungen, ein wahrer Irrgarten aus Kreisen, Vierecken und anderen ineinander verschlungenen Formen und Gebilden. Das nahmen die beiden aber kaum wahr, sie machten, daß sie weiterkamen. Deckung gab es genügend, aber in welche Richtung sollten sie sich wenden?
Bernd wischte sich den Schweiß von der Stirn, aus den Augen. Sie stellten fest, daß diese vermeintliche Stille ein Zischen aus Öffnungen und Ventilen ringsum war,

ein Rauschen und Rumoren tief in den Eingeweiden der Metallbehälter, der Kessel und Rohrleitungen, in denen berechenbare Prozesse abliefen, in denen Säuren, Gase und Flüssigkeiten zusammengeführt wurden, sich verbanden, wieder trennten, erkalteten und wieder erhitzt wurden, bis endlich ein brauchbares Produkt für die Menschen dabei herauskam, ein Material, aus dem man Gegenstände formen konnte, die sich verkaufen ließen: Fußbodenbeläge, Kühlschläuche für die Autos, Plastikeimer und zehntausend andere Dinge, die ja ganz selbstverständlich für die Menschen geworden sind.

Wo waren denn die Arbeiter der Nachtschicht? Wer würde diese Tankwagen entladen? Wurde alles von Computern gesteuert? Eine riesige Maschinerie ohne Menschen?

Da kam Kunos Warnruf!

»Achtung!«

Zwei Männer auf Klapprädern bogen um die Ecke. Die Jungen zogen sich noch weiter in den schwarzen Schatten unter das Bündel Rohrleitungen zurück. Es tropfte heiß auf ihre Köpfe. Es stank so widerlich, daß sie meinten, es nicht eine Minute länger aushalten zu können. Die Männer, mit wehenden grauen Kitteln, Schirmmützen auf dem Kopf, radelten gemächlich vorbei und unterhielten sich beim Fahren.

»Werkschutz«, flüsterte Kuno, »Wach- und Schließgesellschaft, die drehen hier ihre Runden.«

»Wir müssen besser aufpassen«, gab Bernd zurück, »die sind so leise auf den Rädern.«

»Ich glaube nicht, daß die was Bestimmtes suchen«, vermutete Kuno, »sonst hätten sie sich nicht unterhalten.«

Mond, keine Sterne. Nur diese kleinen, schwachen Lichter überall. Zwei große Werkshallen tauchten auf, rechtwinklig zueinander gesetzt. Die Jungen hörten Lärm, ab und zu wurde ein Tor geöffnet, Loren rollten heraus, weißes Licht fiel bogenförmig in die Dunkelheit. Rauch und Dunst, ein Brodeln im Innern der Halle, Rufe und irgendwelche Signale, dann wurde alles wieder abgeschnitten, das Tor geschlossen. In der Nähe dieser Hallen konnten sich die Jungen natürlich nicht herumtreiben.

Sie wurden ungeduldig. Und müde. Die Beine waren schwer wie Zentnergewichte. Die Jungen fühlten sich benommen, als senkte sich ein Vorhang herab. Sie fragten sich, wie es die Arbeiter hier tagein, tagaus aushielten. Aber die waren es sicher gewöhnt, denen machte die giftige Atmosphäre dieser Fabrik vielleicht nicht mehr so viel aus.

Auch Bernd hatte jetzt allmählich genug. Sie duckten sich hinter einem Gabelstapler, der verlassen am Rande eines Patzes stand. An zwei Masten hing ein riesenhaftes Schild mit roten Buchstaben.

»Rauchverbot!«

»Ich werde das Gefühl nicht los, daß uns einer beobachtet!« sagte Kuno besorgt. »Die haben uns sicher schon längst entdeckt.«

»Ach was!« Bernd reagierte, weil er jetzt die Erschöpfung merkte, gereizt. »Und wenn schon! Wir sind doch keine Spione oder so was.«

»Das können die ja nicht wissen.«

»Wir haben uns verlaufen, wenn uns jemand fragt.«

»Um diese Zeit? Und wenn sie versteckte Kameras haben, mit denen sie alles sehen können?«

Als sie um einen Mauervorsprung kamen, wären sie um ein Haar auf eine Gruppe von Männern in Schutzanzügen gestoßen, die damit beschäftigt waren, an einer Tankstelle Fässer abzufüllen. Jedenfalls sah es aus wie eine Tankstelle. Die Arbeiter trugen Masken und schwere, unförmige Handschuhe. Im Licht starker Scheinwerfer huschten sie umher, jeweils zwei rollten die abgefüllten bräunlichen Fässer mit den gelben Streifen zu einem Stapel.

Da durften sich die Jungen keinesfalls näher heranwagen! Zum Glück hatte sie niemand bemerkt, sie drehten rasch wieder ab, das war ganz bestimmt der falsche Weg.

Die schafften hier vielleicht irgendwelche lebensgefährlichen Abfallprodukte weg, damit wollten sie nichts zu tun haben. Wieder um die Ecke, aber da stand jemand.

Eine dunkle Gestalt in Anzug und Maske. Schien selber ganz erschrocken zu sein, regte sich für eine Sekunde nicht, dann: »Was wollt ihr denn hier!«

Himmel, diese Stimme!

Die kannten sie doch! Der etwas harte Akzent. Unverwechselbar.

Die Welt schien stillzustehn.

Herrgott noch mal, was für ein Pech!

»Wie kommt ihr hierher?« fragte der Mann. Diesmal lauter, drohender, jedes einzelne Wort betonend. Trat noch einen Schritt näher, um sie besser in Augenschein nehmen zu können; stand dann dicht vor ihnen: Klein, der Jugendwart aus dem Verein, kein Zweifel! Sie hatten gewußt, daß der hier im Werk arbeitete, aber daß sie ausgerechnet ihm begegneten, wer konnte das ahnen?

Kuno murmelte irgendwas.

Klein schob die Maske hoch: »Sucht ihr was?«
»Nein«, stieß Bernd zwischen den Zähnen hervor.
»Was wollt ihr also? Ich frag' nicht nochmal!« Noch drohender, böse. Konnte ja sein, daß er für die Sicherheit hier verantwortlich war, daß er zum Werkschutz gehörte.
»Nichts«, sagte Bernd, »gar nichts suchen wir.« Was Dümmeres konnte ihm kaum einfallen. Wer sollte ihm das zu nächtlicher Stunde abkaufen?
»Wie seid ihr hereingekommen?« fragte Klein. Vor einigen Tagen war er dem Tischtennishelden noch schier um den Hals gefallen aus Freude über den Sieg. Aber das war vor einigen Tagen, das hier gehörte in eine andere Schublade.
Bernd und Kuno schwiegen verbissen. Es fiel ihnen auf die Schnelle einfach keine Ausrede ein, von wegen jemanden besuchen, jemanden den Henkelmann mit Essen bringen, einen Onkel benachrichtigen, ein Notfall, irgend etwas eben, womit man Klein hätte fürs erste jedenfalls besänftigen können. Ihr Hirn war leer, sie waren zu erledigt, zu kaputt, ausgelaugt, sie zitterten vor Schwäche. Doch der Endspurt stand ihnen noch bevor!
»Ich frage euch zum letzten Mal: Was wollt ihr hier und wie seid ihr ins Werk gekommen?«
Keine Antwort. Ihre Kehle war wie zugeschnürt. Selbst wenn sie gewollt hätten, wäre nichts herausgekommen.
»Ihr habt euch die Folgen selbst zuzuschreiben«, drohte Klein. »Ich muß euch mitnehmen, ihr müßt erklären, was ihr hier zu suchen habt.«
»Nein!« rief Bernd. Er sah schon den Zorn seines Vaters, die Tränen seiner Mutter, die tagelang mit verheultem Gesicht herumlaufen und ihn für alle ihre

gegenwärtigen und zukünftigen Leiden verantwortlich machen würde. »Nein, nur das nicht!«
»Sprechen kannst du also noch«, sagte Klein spöttisch. Und dann: »Also los, gehen wir!«
Die Jungen rührten sich nicht. Dann machte Bernd eine Bewegung. Diesmal ahnte Kuno sofort, was er vorhatte.
»Gehen wir, habe ich gesagt!« Der Mann spielt sich auf wie unser Gefängniswärter, dachte Kuno noch, als Klein schon rief: »Josef!«, und dann lauter: »Josef!«
»Ja, wat is?« kam es von der Tankstelle drüben.
»Komm einen Augenblick rüber und sieh dir die Herrschaften an!«
Es war klar: Klein brauchte einen Zeugen.
Bernd lief los. Blitzstart. Ab in die Dunkelheit.
Kuno hinterher, als ob sie durch ein unsichtbares Band miteinander verbunden wären. Raste ohne zu denken hinterher.
»Halt! Stehenbleiben!« tönte es hinter ihnen, als sie hakenschlagend wie Feldhasen über Wege und Schienen hetzten.
»Stehenbleiben, oder . . .« die Worte verloren sich.
Sie sahen sich nicht um. Sie fühlten sich schon wie Einbrecher, wie ertappte Diebe, denen es nur recht geschah, wenn sie gejagt wurden!
Ein Tuten von einem Signalhorn, eine Sirene, noch eine, ganz in der Nähe! Dieser Ton, bei dem es einem, hörte man ihn nur aus der Ferne, bereits kalt den Rükken herunterlief! Der markerschütternde Heulton riß an ihren Nerven, traf sie wie Faustschläge in den Nakken und trieb sie zu noch größerer Eile an.
Kuno keuchte, schnappte nach dem bißchen Luft, das ihm blieb. Vor ihm Bernd, der in grotesk wirkenden

Sprüngen über niedrige Mauern hinwegsetzte, ein Gelände überquerte, auf dem Elektrokarren, Bagger, Raupen, Gabelstapler und andere Maschinen geparkt waren. Weitere Plätze, dann Rasenflächen, Rabatten, Buchsbaumhecken, Kieswege.

Vorwärts!

Ich kann nicht mehr! dachte Kuno, konnte aber immer noch. Zehn Meter, dann falle ich um!

Wieder Fässer, in langen Reihen und hoch gestapelt; die Jungen liefen durch die schmalen Gassen dazwischen. Kuno fiel nicht um. Verwaltungsgebäude tauchten auf, irgendwo tuckerte ein Dampfer. Automatisch wandten sie sich in die Richtung, wo der Fluß liegen mußte.

Nur noch Reflexe bestimmten ihre Flucht, nicht mehr die Überlegung. Manchmal die roten Flammen vor ihnen, die sich scharf abzeichneten über den Schornsteinen. Da machten sie wieder kehrt, denn da wären sie gleich wieder mittendrin im Irrgarten. Unter den dampfenden, zischenden, heißen Röhren, wo sie schon herumgeirrt waren. Nein, zum Fluß jetzt, wo die tonnenschweren Kräne standen, die sich dort wie Giraffen über die Kähne neigten und ihre Lasten absenkten.

Kuno blieb stehen, konnte nun wirklich nicht mehr, faßte sich an die Brust, in der es wild und schmerzhaft zappelte. Das Herz, die strapazierte Lunge. Ein Tischtennismatch war ein Spaziergang gegen diesen Hindernis-Marathon.

»Weiter, weiter!« keuchte Bernd. Der hatte zwar die bessere Kondition, war aber jetzt auch am Ende. Fast.

»Kann nicht mehr . . . schaffen das nicht . . . keinen Sinn . . .« Doch als Kuno sich fünf Minuten auf diesem

dunklen Hof erholt hatte, kriegte er wieder Luft, ging weiter auf Bernds Drängeln hin, der glaubte, den Suchtrupp zu hören, die Verfolger, die mit ihren Taschenlampen wohl die Ecken ausleuchteten. Natürlich würden sie nach ihnen suchen, was denn sonst. Wenn sie nicht schon die Polizei geholt und das Gelände abgeriegelt hatten, daß keine Maus mehr rauskam . . . »Los, Kuno!«

Und Kuno schleppte sich voran. Das Gelände war jetzt taghell erleuchtet, ein Wunder, daß man sie nicht schon längst wieder gesehen hatte. Rufe, die Stimme Kleins, wenn nicht alles täuschte.

Sie rochen das faulige Wasser des Flusses. Endlich ein Zaun, rote und grüne Positionslichter der Schleppkähne.

Die Rufe kamen näher!

Die Schatten der Kräne, ein Gebüsch, ein Stück Brachland, eine Stelle, an der der Zaun nicht unüberwindlich war. Gott sei Dank! Sie halfen sich mit dem letzten Quentchen Kraft gegenseitig hinüber, und wenn auch die Haut an den Armen blutig gekratzt wurde, was tat es! Sie landeten bis zu den Knöcheln im versumpften Gras, aber außerhalb des Fabrikgeländes . . . Nein, das war kein Traum gewesen, aus dem sie nun erwachten, als sie sich notdürftig säuberten am Ufer, wo die Wellen harmlos plätscherten.

Diese Chemko konnte ihnen für alle Ewigkeit gestohlen bleiben. Sie trotteten den Uferweg auf ihren Ort zu. »Mann, Mann«, stöhnte Kuno, »Glück gehabt.«

»Außer Klein hat uns ja keiner gesehen«, sagte Bernd hoffnungsvoll, »und der wird das Maul halten.«

»Das wird sich herausstellen.«

Kuno war skeptisch.

Trotzdem schöne Ferien

Auf die Idee, daß der Direktor sie rufen würde, wäre weder Bernd noch Kuno je gekommen. Und das ausgerechnet am letzten Schultag!
»Bernd Harich und Kuno Neuer bitte melden in Zimmer fünf!« schnarrte es in der Pause durch den Schullautsprecher. Zimmer fünf – jeder wußte, was das bedeutete: Vorzimmer mit Sekretärin und das Allerheiligste. Zu Direktor Blasig wurde man als Schüler nur in ganz besonderen Fällen hinbestellt. Bei Verwarnung, Verweis und ähnlichen Bösartigkeiten. Kuno zuckte auch entsprechend zusammen, als er seinen Namen hörte. Er war gerade dabei, die »Kokosnuß« zu verteilen. Fast hätte er den Stapel fallenlassen.
Bernd saß bereits auf dem Stuhl vor dem Schreibtisch des Direktors. Blasig war ein kleiner, ziemlich dicker und beweglicher Herr, um die fünfzig. Jeder, der ihn nicht gut kannte, hätte ihn für gemütlich oder zumindest jovial gehalten. Blasig gab sich auch meistens so, doch das täuschte. Jetzt setzte er die schwarze Hornbrille ab.
»Bitte, setz dich auf den zweiten Stuhl, Kuno Neuer.«
Kuno setzte sich, sie saßen wie Angeklagte, die Hände zwischen den Knien gefaltet. Von draußen kam der Lärm des Pausenhofs. Der Direktor erkundigte sich nach ihren Ferienplänen, aber da gab es nicht viel zu sagen. Reisen?
»Nein, wir bleiben zu Hause«, gab Kuno Auskunft.
»So, so«, murmelte der Direktor zerstreut, als interessiere er sich trotz seiner Frage nicht sonderlich für die Ferienpläne dieser Schüler. Er setzte die Brille wieder auf. Es wurde ernst. Amtlich sozusagen.

»Habt ihr das hier zufällig gelesen?« fragte Direktor Blasig und schob eine Zeitung über die Schreibtischplatte. Es war der »Rechtsrheinische Anzeiger«, Regionalteil.
Nein, hatten sie nicht gelesen.
Eine Meldung war rot angestrichen.
»Lest nur!« forderte der Direktor sie auf.
Die Überschrift: »Einbruch in das Werk der Chemko KG?« Mit Fragezeichen.
Bernd und Kuno sahen sich kurz an. Jetzt bloß keine Miene verziehen. Die Meldung lautete:

> »Am späten Abend des Mittwoch drangen Unbekannte in das Gelände der Chemko KG ein. Als sie von einem Vorarbeiter der Spätschicht entdeckt und zur Rede gestellt wurden, ergriffen die Eindringlinge die Flucht. Bemühungen des Werkschutzes, sie zu stellen, blieben ohne Erfolg. Es wird nicht ausgeschlossen, daß es sich bei dem Vorfall um groben Unfug einiger Jugendlicher gehandelt hat. In diesem Zusammenhang wird dringendst vor Wiederholungen gewarnt, da auf dem Werksgelände schädliche und für den menschlichen Organismus giftige Abfallprodukte gelagert sind, die bei unsachgemäßer Handhabung durch Unbefugte gefährliche Auswirkungen für diese haben können.«

Der Direktor sah sie an: »Was habt ihr dazu zu sagen?«
»Ich verstehe nicht . . .« begann Bernd, wurde aber sofort unterbrochen. »Es hat keinen Zweck, daß ihr leugnet, mit der Sache zu tun zu haben«, sagte der Direktor scharf. »Bei dieser Frage brauchen wir uns gar nicht mehr aufzuhalten.«

Klein war's, dachten sie. Der Jugendwart hatte sie verpfiffen und sich so die Sache vom Hals geschafft. Auch eine Methode. Eine sehr geschickte sogar: ein Anruf in der Schule, ein diskreter Hinweis.

»Ihr könnt von Glück sagen, daß keine Anzeige gegen euch erstattet wurde«, fuhr der Direktor fort.

Bernd und Kuno sahen sich wieder an. Jeder wußte, was der andere dachte: Sollte man auf stur schalten? Sie schienen ja bereits verurteilt zu sein, noch ehe sie ein Wort zu ihrer Verteidigung vorgebracht hatten. Sollte man sich das ohne weiteres bieten lassen?

Blasig bemühte sich sehr um Freundlichkeit in seiner Stimme: »Ihr könnt außerdem von Glück sagen, daß heute der letzte Schultag ist. Sonst müßte ich Maßnahmen ergreifen, damit sich ein derartig unüberlegtes Handeln nicht wiederholt. Aber ich nehme an, ihr kapiert das auch so.«

Er blickte sie fragend an.

Bernd und Kuno blickten fragend zurück.

»Ich sehe, es ist euch noch nicht ganz klar«, sagte der Direktor. »Es ist euch wohl noch nicht aufgegangen, daß ihr einen Einbruch auf dem Kerbholz habt. Eine kriminelle Handlung, die sich auf keinen Fall wiederholen darf, sollte sie nicht ernsthafteste Konsequenzen nach sich ziehen. Ihr seid dann die Dummen, nicht ich.«

Bernd und Kuno schwiegen. Welche Reaktion hatte Blasig erwartet? Leugnen hatte keinen Sinn, das wußten sie. Das hätte die Sachlage nur kompliziert. Und offenbar drohte ihnen vom Direktor nichts Ernstes.

Er mahnte: »Schließlich seid ihr keine Erstkläßler mehr und könnt Verantwortung für euer Handeln übernehmen.«

Also doch noch eine Art Predigt, dachte Kuno. Er bewegte sich nicht auf seinem Stuhl.
»Nennt mir aber doch bitte den Grund, bevor ich euch entlasse«, verlangte der Direktor, und Kuno erklärte zögernd, daß sie diese Sache eigentlich nicht vorgehabt hätten, daß sie nicht geplant gewesen sei, sondern sich einfach so ergeben habe. Er stockte. Bernd nahm ihm unerwartet das Wort ab.
»Wir wollten sehen, was mit diesem Zug ist«, rief er. »Es ist ja lebensgefährlich, wie der auf einmal nachts durch die Wohngegenden fährt!«
»Der Zug? Wieso der Zug?« Klar, der Direktor konnte nicht wissen, daß sie mit dem Tankzug ins Werk gefahren waren.
»Eine Schande ist das«, fuhr Bernd fort, »das Werk, der Gestank, und alles!« Er war erregt, man sah es ihm an. – Aber so kam er nicht weiter. Wie sollte er bloß über Dinge diskutieren, von denen er nur eine sehr vage Ahnung hatte.
Der Direktor meinte, sie sollten nicht übertreiben; schließlich sei es lebenswichtig für die Städte und die Dörfer ringsum, daß sich die Industrie ansiedle, und es könne eben in dieser hochzivilisierten Gesellschaft nicht alles ideal und jedes Fleckchen ein Erholungsgebiet sein. Im übrigen fahre der Zug sicherlich völlig legal, um diese Probleme würden sich schon die dafür zuständigen Institutionen kümmern. Das sei nicht seine Sache und auch nicht ihre. Außerdem sollten sie daran denken, daß er, Blasig, im Wiederholungsfalle die Sache an außerschulische Institutionen, sprich: Polizei, weitergeben müsse.
Das war es also: der gute Ruf der Schule! Was anderes interessierte den offenbar nicht! Nun war er auf den

entscheidenden Punkt gekommen und hatte damit doch eine Art Verwarnung ausgesprochen.
Ob sie ihn nun verstanden hätten? Er seinerseits würde in diesem Fall annehmen, daß die Angelegenheit erledigt sei.
Bernd fiel ein, daß er zum Beispiel von seinem kaputten Fahrrad noch nichts gesagt hatte. Er unterließ es aber. Stattdessen nickte er, ja, sie hätten ihn wohl verstanden.
Die Luft war raus, sie konnten sich nur noch zurückziehen. Aber danken würden sie dem Direktor für seine unendliche Güte nicht. Dann waren sie auch schon draußen, Blasig hatte ihnen noch »Trotzdem schöne Ferien!« (was immer er damit meinen mochte) gewünscht, ihnen jovial die Hand gereicht, und sie mußten sich weit über den Schreibtisch beugen, um sie zu erreichen.

»Was ist los? Warum macht ihr so saure Gesichter?« fragte Elke in der nächsten Pause.
Kuno brummte was. Dann beschloß er, sich doch als Held zu fühlen und fing an, das Gespräch mit dem Direktor zu dramatisieren. Als ob es nur ihrer (seiner!) Verhandlungskunst zu verdanken gewesen wäre, daß sie mit einem blauen Auge davongekommen waren.
Bernd schaute zu Boden, trat Steine vom Weg. Andrea versuchte, ihn aufzumuntern, fragte: »Gehst du heute mit uns schwimmen?«
»Mal sehen.« In Bernd war Ratlosigkeit und ein Gefühl der Ohnmacht. Das Würmchen-Gefühl: Alles lief, ohne daß man es beeinflussen konnte, ausgenommen das Spiel an der Platte. Das waren die einzigen Minuten, in denen man das Geschehen in der Hand hatte.

Kuno ging ihm auf den Wecker. Wie der sich aufplusterte vor den Mädchen! Gerade behauptete er: »Wir haben dem Direx zu verstehen gegeben, daß es die Schule überhaupt nichts angeht, was wir in unserer Freizeit machen . . .«
»Blödmann! Angeber!« fuhr Bernd ihn an, dem es zuviel wurde. »Gar nichts haben wir gesagt! Dagesessen haben wir, ohne einen Mucks!«
Kuno wurde rot. Ihm war es peinlich, daß Bernd ihn hier zu blamieren versuchte. Warum tat der das? Warum richtete sich sein Groll ausgerechnet gegen ihn?
Schweigend verteilte Kuno sein Blättchen an die Vorüberkommenden.
»Beruhige dich mal wieder«, vermittelte Elke, »was hättet ihr denn auch tun sollen?«
»Ja«, sagte Andrea, »gegen solche Typen kann man nichts machen.«
»Und dann«, fuhr Elke fort, »hat Blasig nicht ganz unrecht. Ich meine, es war nicht hundertprozentig okay, was ihr da gemacht habt.« Sie dachte daran, was sie an dem Abend für eine Angst ausgestanden hatte.
»Ich gehe«, verkündete Bernd.
»Kommst du heute zur Kiesgrube?« rief Elke ihm nach. Bernd machte eine Handbewegung, die alles mögliche heißen konnte.
»Etwas schwierig heute mit ihm«, sagte Kuno, der wieder Oberwasser gewann, »hat schlechte Laune. Sollte man nicht glauben, wo doch heute die Schule zu Ende ist. Aber vielleicht denkt er an morgen abend.«
»Morgen abend?«
»Ja, am Klubhaus ist doch das Sommerfest vom Verein. Wie jedes Jahr mit Picknick, Grillen, Tanzen. Alle besaufen sich und grölen zum Schluß das Vereinslied.«

»Und da ist auch unser sehr geschätzter Jugendwart«, fuhr Kuno bedeutungsvoll fort, »bin gespannt, ob der was sagt. Ob der sich auch noch auskotzt, nachdem er uns schon bei Blasig verpfiffen hat.«
»Ihr braucht doch nicht hinzugehen zu der Fete«, meinte Andrea, die mit dem Vereinsleben nicht gerade vertraut war.
»Das geht auf gar keinen Fall«, erklärte Kuno. »Es wäre ein schwerer Verstoß gegen ungeschriebene Gesetze des TTC. Bei Geselligkeiten hat man dabeizusein, sonst kannst du gleich einpacken und brauchst dich nicht mehr blicken zu lassen. Das Sommerfest haben sie doch extra für die Jugendmannschaften eingerichtet und zum Kennenlernen für die Neuen.« Dann schrie er, als eine Gruppe Schüler vorbeikam: »Leute, nehmt die ›Kokosnuß‹! Nehmt die letzte Ausgabe in diesem Schuljahr mit den Ferientips!«

Im Unterricht war verständlicherweise nicht mehr viel los. Feldes winkte Kuno nach der Stunde zu sich und sagte: »Ich will nicht wissen, was geschehen ist. Weil wir vor ein paar Tagen schon mal miteinander gesprochen haben, will ich dir jetzt nur den Rat geben: Unternehmt nicht zuviel auf eigene Faust. Das könnte ins Auge gehen.«
Kuno war enttäuscht. Ausgerechnet Feldes, auf den er so große Stücke hielt – jetzt fing der auch schon an. Was war das bloß? Als ob sie alle Schiß hätten vor irgendwas.
»Bitte, Kuno, versteh mich nicht falsch«, fuhr der Lehrer fort, »ich will mich nicht in eure Angelegenheiten einmischen. Ihr sollt ja ruhig was unternehmen. Wie wär's, wenn ihr mal einen Leserbrief – oder auch mei-

netwegen mehrere – schreiben würdet. Ich meine, wegen dem kaputten Fahrrad und wegen anderen Dingen, die ihr nicht ganz in Ordnung findet. Ihr könnt viele Unterschriften druntersetzen. Ihr müßt natürlich handfeste Tatsachen anbringen, wie zum Beispiel direkte Gefährdung von spielenden Kindern durch den Zug oder ähnliches. Wenn sich viele Menschen solidarisch zusammentun, kann man das einfach nicht mehr unter den Tisch fallen lassen!«
Einen Leserbrief schreiben – das wäre eine Idee! Kuno beschloß, sich die Sache durch den Kopf gehen zu lassen, mit den anderen darüber zu reden. Aber das hatte noch Zeit. Erst mußte der Ferienbeginn gefeiert, die Badestelle in der Kiesgrube eingeweiht werden.

Kuno wollte zeigen, was er für ein Kerl war. Dem hatte es heute morgen schon so gutgetan, als er die Blicke der Mädchen auf sich gefühlt hatte. Er schälte sich aus seinen Sachen, eine Badehose mit Sternchen kam zum Vorschein. Die Zwillinge hatten ihren Spaß, Manni feixte, und Elke und Andrea lächelten, was Kuno nicht bemerkte; wer weiß, ob ihn dann sein Mut nicht wieder verlassen hätte!
»Worauf wartet ihr noch, ihr Flaschen!«
Und hinein! Halt, so blitzschnell nun doch nicht, das verhinderten schon die Kiesel, die Kunos zarte Fußsohlen empfindlich kitzelten. Es wurde mehr ein Storchenschritt, dabei ruderte Kuno mit den Armen, als müsse er Mücken abwehren. Den ersten Zeh ins Wasser, da hätte ihn fast der Schlag getroffen! Das war so kalt, eiskalt, wie er es nie im Leben vermutet hätte. Himmel noch mal, das waren höchstens zwei Grad über Null, und das im Hochsommer! Die Haut zog

sich einem über die Knochen, die Augenlider begannen zu flattern. Aber es gab kein Zurück!
Sollte doch niemand auf den Gedanken kommen, er wäre ein Feigling, dachte Kuno und schrie: »Phantastisch!« und stürzte sich der Länge nach ins Wasser, daß es hoch aufspritzte. Am liebsten hätte er sein Bewußtsein ganz ausgeschaltet, um nicht fühlen zu müssen, wie sein Körper immer kleiner wurde, wie seine Glieder auf Zentimetergröße zusammenschrumpften: gleich würde er sich völlig in einen Molch verwandelt haben, der sich sein Bett im Schlamm wühlte ...
»Phantastisch! Herkommen, Leute!« schrie er wieder, als er auftauchte, weil ihn der Luftmangel nach oben zwang. Laut prustend und brüllend, und jetzt meinte er es auch so, schrie er: »Phantastisch!«, weil er seine normale Größe wiedergewonnen und seine Haut sich angenehm durchwärmt hatte.
Er winkte, kraulte mit dem heldischen Gefühl in der Brust, das so guttat, tauchte, öffnete unter Wasser die Augen: ein getrübtes Grün um ihn her, weiter unten ging es über in Dunkelheit, oben ein Glitzern, wo sich die Sonnenstrahlen auf der Wasseroberfläche ausbreiteten und versuchten durchzudringen.
Luft!
Bernd, Elke, Siegfried waren im Wasser, kreischten, schrien – einander übertönend – sich bespritzend, jubelnd, angesteckt durch den tapferen Kuno, durch seinen Schwung, durch sein bei ihm ungewohntes sportliches Beispiel.
Andrea zierte sich, behielt das Hemd an, spielte das Pflänzchen Rührmichnichtan, als die anderen sie naßspritzen wollten, wobei sich Bernd besonders hervor-

tat. Seine Laune hatte sich gebessert. Es dauerte nicht lange, und Kunos Rolle als Vorreiter und Held war zu Ende. Sie kraulten hinter ihm her, zogen weiße Schaumkeile durch das Wasser, umkreisten Kuno wie Haie auf Beutejagd, lauerten; Bernd und Elke bewegten sich flink und elegant, Siegfrieds Kopf ragte spitznasig, wie der einer knopfäugigen Maus, aus dem nassen Element; Carola hielt sich etwas zurück, und Andrea hatte sich bequemt, mit ihren langen, schlanken Beinen wenigstens ins Wasser zu steigen, stehenzubleiben und abzuwarten wie ein Flamingo, dessen Würde kein Zoobesucher zu stören vermag.

»Wir werden den See mit einer Taufe einweihen«, brüllte Bernd und stürzte sich schon auf Kuno, dessen Zappeln ihm nichts half.

»Das ist gemein! Das gilt nicht!«

»Runter mit dir!«

Bernd packte ihn, ziemlich brutal, tauchte ihn unter, daß ihm Hören und Sehen verging. Er geriet in Angst und Panik, schlug wild um sich.

»Genug!« rief Elke, die merkte, daß es Kuno nicht gerade spaßig vorkam.

»Laß ihn!«

Kuno durfte Luft holen. Die Lust war ihm gründlich vergangen, doch Bernd ritt der Teufel! Er ließ nicht locker und tauchte den Kumpel noch mal und noch mal, als müsse er ihm irgendwas heimzahlen. Bernd war stärker, man wußte es, aber war Kuno das geeignete Objekt, dies zu beweisen? Der Ärmste hustete, spuckte, blau angelaufen und halb ohnmächtig, kriegte gar nicht mit, wie Elke energisch eingriff, hatte ein Dröhnen und Brausen in den Ohren, als stürzten die Wände der Kiesgrube ein, und hatte Wasser in Nase,

Hals und Ohren, auch noch, als ihm Siegfried ans Land geholfen hatte. Dort lag er dann, japsend und nach Luft schnappend. Alles drehte sich um ihn, als säße er im Kettenkarussell.
Im Wasser ging das muntere Spielchen weiter, dort hatte man die Episode schnell vergessen. Nur Andrea, die immer noch am Ufer herumstolzierte, fragte Kuno zwischendurch, wie's denn ginge. Als Kuno matt die Hand hob, setzte sie sich neben ihn. Kuno fühlte sich wie betrunken, hatte eine Wut auf den Bernd, der heute schon zum zweiten Mal versucht hatte, ihm eins auszuwischen, ihn bloßzustellen.
Das wollte ein Freund sein!
Ein Arsch war das!
Andrea legte Kuno die Hand auf den Rücken, als er wieder röchelte, Wasser spuckte. An den Wänden schrien Vögel, stoben auf, hatten gemerkt, daß sie nicht mehr allein auf dem Terrain waren. Ihr schrilles Rufen und Gekrächz brach sich an der Steilwand, setzte sich rollend fort. Diesen Eindruck hatte Kuno jedenfalls, dem endlich wärmer wurde im Gras, und noch Andreas Hand auf dem Rücken, was guttat. Er beschattete sich die Augen, blickte hinüber auf die Badegesellschaft, die lustige, die ausgelassene, und gerade in diesem Moment hatte Kuno die Vision, als höbe sich der See! Als bewegte sich der Wasserspiegel, als schlügen plötzlich Wellen aus der Tiefe empor, als tauchte inmitten der brausenden, schäumenden Gischt ein Untier auf! Ein Ungeheuer, ähnlich dem im schottischen Loch Ness, mit hochauf gebogenem Hals, schuppigem Rückenpanzer, am Kopf zwei Fühler, runde, vorstehende Augen. Und jetzt hob es sich weiter aus der Flut, die an die Wände donnerte, Brocken heraus-

spülte, hob den riesigen Leib heraus, spannte die grauen Flügel auf . . .
Kuno schüttelte sich, schüttelte das Bild ab.
Dann fiel ihm etwas auf. Sein Interesse für die Umwelt war wieder wach. »Stand das nicht beim letzten Mal anders?« fragte er.
Andrea schaute ihn groß an.
»Da, die gelbe Raupe! Stand die zuletzt nicht weiter links?«
»Keine Ahnung.« Andrea war es auch ziemlich egal. Kuno war sich seiner Sache nicht ganz sicher. Doch lag da nicht auch ein Sandhaufen an dem jenseitigen Uferstreifen, der beim ersten Mal, als sie hier waren, nicht dagewesen war? Wurde hier am Ende doch noch gearbeitet? Das waren Fragen, die Kuno jetzt nicht beantworten konnte.

Partyfreuden

Das Fest, auf das sich die Vereinsmitglieder lange vorher freuten, begann. Auf den schmalen, harten Bänken wuchs die Stimmung der Gäste, als schon bald der Akkordeonspieler loslegte mit dem Hit, den man an diesem Abend noch öfters hören würde: »Aber eins, aber eins, das bleibt bestehn, der TTC, der wird nicht u-un-ter-gehn!« Je später es wurde, um so inbrünstiger sangen die Erwachsenen den Refrain. Man hörte es im halben Dorf und die Leute wußten: Aha, der Tischtennisverein feiert!
Bernd und Kuno war gar nicht nach Feiern zumute. Es herrschte noch eine gewisse Spannung zwischen den

beiden, die etwas gemildert wurde durch Elke. Wie unabsichtlich schlenderten sie am Flußufer umher, schauten den Schleppkähnen nach, taten so, als würde sie das Fest, dessen Lärm sie vernahmen, nichts angehen, als wollten sie ihr Erscheinen so lange wie möglich hinauszögern.

Es war üblich, daß sich vor dem jährlichen Sommerfest die entscheidenden Leute des Vereins zusammensetzten, um über die Aufstellungen der Mannschaften für die kommende Saison, die nach den Sommerferien begann, zu entscheiden. Die Meldungen mußten dieser Tage beim Verband abgegeben werden.

»Du bist bestimmt dabei«, sagte Elke zu Bernd. Sie meinte, er würde den ersehnten Stammplatz in der ersten Mannschaft bekommen. Bernd war sich dessen eigentlich auch sicher.

Klein würdigte sie keines Blickes. Der Jugendwart saß am Tisch des Vorstands und der Ehrengäste. Bernd und Kuno hatten sich weit weg gesetzt, aßen Würstchen, tranken Limo, hofften, daß diese ganze Geschichte mit ihrem Auftauchen im Werk nun vergessen war und nicht auch noch hier ein Nachspiel haben würde. Die leise Verwarnung von Direktor Blasig sollte genügen.

Sie ließen Reden über sich ergehen, Danksagungen, Ehrungen verdienter Mitglieder, denen man goldene Nadeln ans Revers heftete, Bekanntgabe der erfolgreichsten Spieler, Ergebnisse.

»Hören die denn gar nicht mehr auf!« stöhnte Kuno, als litte er Höllenqualen.

Bernd saß gespannter da: Er hatte eben von einem Banknachbarn gehört, daß er wider Erwarten doch nicht aufgestellt sei. Aber er wisse ja nichts Genaues,

räumte der Nachbar ein, der merkte, wie sehr es den Jungen traf.
Scheiß-Verein, dachte Bernd, in dem solche Sachen wie Staatsgeheimnisse behandelt werden. Er beschloß, auf jeden Fall zu versuchen, etwas herauszufinden. Er sprach mit Kuno, und der kam auf die Idee, Elke vorzuschicken. Sie sollte mal bei Klein nachfragen. Sie war ja nicht in dessen Schußfeld.
Ein Gewisper, Elke mußte lachen. Warum sie den Mann nicht selbst fragten, und: »Habt ihr etwa Angst?«
Das wiesen Bernd und Kuno weit von sich.
»Schon gut«, sagte Elke. Sie tat Bernd nur zu gerne den Gefallen.
Der saß dann da und wartete, als sie umherschlenderte, sich mit diesem und jenem unterhielt, sich hier und dort ein Witzchen erzählen ließ, dabei Klein nicht aus dem Auge verlor und auf die Gelegenheit wartete, ihn zu sprechen. Zufällig, wie absichtslos.
Was macht die nur so lange? fragte sich Bernd. Mach vorwärts, Mädchen!
Verbissen saß er am Tisch, nippte geistesabwesend an einem vollen Bierglas, das vor ihm stand. Ringsumher schlug das Fest schon hohe Wellen, das erste Dutzend Lieder war abgesungen, das nächste Faß angezapft.
Elke hatte nichts erfahren, es war ihr nicht gelungen, in dem Trubel am Vorstandstisch mit Klein zu sprechen.
Bernd motzte sie an. Elke wehrte sich. Bernd trank Bier, hatte bald das ganze Glas ausgetrunken, fühlte, wie eine angenehme Wärme in seinem Inneren aufstieg.
»Ich bin nicht dein Diener, falls du das meinst!« prote-

stierte Elke, und: »Ich finde, du nimmst das viel zu wichtig mit dieser ersten Mannschaft!«
»Das verstehst *du* doch nicht!«
Ja, das tat gut, wenn man Bier trank. Er hatte höchstens mal am Wein oder Likör genippt, wenn Geburtstagsfeiern oder sonstige Familienfeste waren, wenn die Erwachsenen sich alle sehr heiter gaben und den Kindern etwas besonders Gutes tun wollten.
»Dann mach deinen Kram eben allein!« Elke merkte, daß der Bernd heute offenbar nicht ganz zurechnungsfähig war. Und jetzt fing er auch noch an, Bier in sich hineinzuschütten, suchte schon wieder nach einem vollen Glas. Und da brauchte er nicht lange zu suchen, die standen massenweise auf den Tischen. Hinten sangen die Leute: »So ein Tag, so wunderschön wie heute!« Das gehörte auch dazu, damit wurde normalerweise das letzte Viertel des Festes eingeleitet, die Polonaisen, der Rundgesang, das Remmidemmi. Die Kleineren hatte man bereits nach Hause geschickt.
»Kuno!« rief Bernd, »wo bist du?« Ja, er war jetzt in der richtigen Stimmung, die Dinge selbst in die Hand zu nehmen. Erst noch Kuno fragen, ob der mit von der Partie sein wollte.
Kuno tauchte von irgendwoher auf. Er sah, wie Bernds Augen glänzten, wie sein Gesicht gerötet war, als hätte er fünf Sätze eines Matches hinter sich.
»Ah, da bist du ja, mein Freund. Wir zwei sind doch ein gutes Gespann, wir zwei beiden! Wir gehn jetzt hin, und dann geigen wir dem Mann mal richtig unsere Meinung!« Bernd guckte, als hätte er etwas Einmaliges von sich gegeben.
»Ich weiß nicht...« zweifelte Kuno und wechselte Blicke mit Elke.

»Was weißt du nicht, hm?« fragte Bernd böse. Er stemmte sich von der Bank hoch, schien etwas unsicher auf den Beinen. Aber er fühlte sich stark. Jetzt oder nie mußte die Sache geklärt werden!
»Ich weiß wirklich nicht, ob es besonders klug wäre . . .« Kuno machte noch einen Versuch, ihn zu bremsen, doch Bernd wischte das beiseite, stiefelte los. Kuno ging vorsichtshalber doch mit, um das Schlimmste zu verhindern. War auch keine schlechte Gelegenheit, um sich vor Elke auszuzeichnen, wie er fand.
»Wir wollten Sie mal was fragen«, fing Bernd an, als sie vor dem Prominententisch standen. Klein, der gerade im Gespräch mit dem Bürgermeister war, sah unwillig auf.
»Ich wollte Sie mal was fragen«, wiederholte Bernd, dem die Schwere seiner Zunge zu schaffen machte. Er mußte sich bemühen, ein Stottern zu unterdrücken, das sich einstellen wollte.
»Muß das jetzt sein? Könnt ihr nicht ein andermal . . .«
»Nein, können wir nicht. Es muß jetzt sein!«
Klein hob erstaunt die Augenbrauen. Der Bürgermeister wurde aufmerksam. Kuno zog Bernd am Ärmel, um ihn zu mäßigen.
»Möchte wissen, warum ich nicht in die erste Mannschaft soll?« fragte Bernd in schroffem Ton.
Nun war es heraus.
Klein fragte: »Was willst du wissen?«
»Sie haben genau verstanden!« beharrte Bernd. »Warum ich nicht in die erste Mannschaft komme, will ich wissen. Und zwar jetzt!«
»Merkst du nicht, daß du hier störst? Im übrigen, wer hat dir das gesagt?«
»Ist doch egal. Ich weiß es eben!«

»Was ist?« fragte der Bürgermeister. »Ist er betrunken?«
»Halten Sie sich da bitte raus, ja!« Bei Bernd brachen offenbar die letzten Dämme. Er hatte so laut gesprochen, daß die Gespräche an dem Tisch verstummten. Klein stand auf, ging mit den beiden Jungen etwas abseits.
»Benimm dich gefälligst!« sagte er scharf zu Bernd. »Sonst wirst du nirgendwo mehr aufgestellt! Weder in der ersten noch sonstwo . . .«
»Das könnte Ihnen so passen!« blaffte Bernd wie ein bissiger Terrier.
»Er meint es nicht so«, versuchte Kuno zu beschwichtigen. Es war ein lahmer Versuch, ein halbherziger.
»Ich sehe, was los ist. Es ist besser, wenn ihr jetzt nach Hause geht«, riet Klein.
»Gar nichts ist los!« schrie Bernd. »Ich hab' ja nur gefragt, warum . . .«
»Bernd!« mahnte Kuno und erntete ein »Halt's Maul!«
»Du bist für die höchste Spielklasse nicht brauchbar, das will ich dir klipp und klar sagen, wenn du schon so darauf bestehst«, sagte Klein gereizt. »Wer sich nachts herumtreibt, wie ihr das zu tun pflegt, der verliert seine Kondition, den können wir nicht brauchen für die Spitze. Sag das deinem Freund hier, wenn er wieder zu sich gekommen ist.«
Klein wandte sich demonstrativ nur an Kuno, dem das peinlich war. Er wollte ja eigentlich mit der ganzen Sache nichts zu tun haben. Er wollte es schließlich nicht zu sportlichem Ruhm bringen.
»Und außerdem haben Sie uns verpfiffen!« klagte Bernd ihn an. »Das war hinterhältig!« Wenn ihm bloß das Sprechen nicht so schwerfallen würde! »Sie hätten

ja gleich mit uns darüber reden können, wenn wir was falsch gemacht haben.«
»Ich will jetzt nicht darauf eingehen«, sagte Klein, »aber ihr werdet es schon noch verstehen.«
»Was sollen wir verstehen?« fragte Bernd lautstark, daß der ohnehin beträchtliche Festlärm fast übertönt wurde.
»Ihr müßt euch erst mehr Disziplin aneignen, dann können wir weitersehen, junger Freund!«
»Ich bin nicht ihr junger Freund!« Bernd ballte die Fäuste.
»Bernd!« rief Kuno noch mal und versuchte energisch, ihn fortzuziehen, bevor der Kumpel noch mehr Porzellan zerschlug.
Elke hatte die Szene aus dem Hintergrund beobachtet und kam hinzu. Das war gut so, denn ihr gelang es, Bernd zum Gehen zu überreden. Das heißt, ganz so einfach war es doch nicht, denn kaum waren sie ein paar Schritte weg, fing Bernd wild und drohend an zu gestikulieren und schrie: »Disziplin! Disziplin! Das werd' ich ihm noch zeigen!« Und wollte wieder zurück und ließ sich kaum halten.
Klein beachtete sie nicht mehr, als er sich wieder an den Prominententisch gesetzt hatte.
»Kann sich seine Scheiß-Mannschaft in seinem Scheiß-Verein an den Hut stecken!« brüllte Bernd. »Ist mir ganz egal!« Und brabbelte dann weiter, was man kaum noch verstehen konnte. Zerrte plötzlich mächtig an den beiden, die ihn festhielten, strampelte sich frei, lief davon.
»Ach, du meine Güte!« rief Elke, die befürchtete, daß sich Bernd nun endgültig ins Unglück stürzen würde. Aber Kuno beruhigte sie: »Der ist nur mal eben in die

Büsche. Jetzt ist ihm schlecht geworden. Er muß kotzen, das ist vielleicht das beste für ihn!«
Kuno war von widerstreitenden Gefühlen erfüllt. Da war einmal das Bedauern darüber, daß er mit Elke nicht noch ein Stündchen allein sein konnte, wie er sich das ausgemalt hatte. Und dann war noch ein bißchen Mitleid für Bernd in ihm, der heute offensichtlich eine schwere Niederlage erlitten hatte. In seinem Zustand konnte man ihn jetzt auf keinen Fall allein lassen, so wie er da aus dem Gebüsch kam, weiß bis in die Nasenspitze, die Haare verklebt, mit glasigen Augen und auf sehr wackligen Beinen. Nein, den konnte man nicht allein gehen lassen. Allerdings empfand Kuno (und dafür schämte er sich gleichzeitig) auch ein wenig Schadenfreude darüber, daß es Bernd so ergangen war. Hatte der ihm nicht noch gestern im See so übel mitgespielt? Ihn blamiert bis auf die Knochen?
»Komm, wir bringen dich jetzt nach Hause«, sagte Elke fürsorglich.
Bernd ließ willenlos alles mit sich geschehen, ließ sich führen, und sei es geradewegs in den Fluß oder in die Wüste. Hinter ihnen blieben die Unverwüstlichen zurück, die auf jeder Party die letzten waren, die das Trinken schon sehr lange übten und nicht gleich in die Büsche mußten, die nicht eher gingen, als bis der letzte Tropfen aus dem Faß gelaufen war.
»Es ist Sense«, murmelte Bernd schließlich vor seiner Haustür, »ich will nicht mehr. Ich mach' da nicht mehr mit.«
Er löste sich, ging hinein, sein Gang war fest und sicher auf einmal, als versuchte er, über die Auswirkungen seines Rausches hinwegzutäuschen. In seiner Mansarde schmiß er sich aufs Bett, fühlte eine große Leere

in sich, ein Loch, in das er hineinsank, sobald er die Augen schloß. Keine Kraft, sich dagegen zu wehren, keine Kraft, das Versinken aufzuhalten.

Bernd blieb auch noch länger auf seinem Bett liegen. Nämlich drei Tage lang. Tat nichts anderes, als mit unter dem Kopf verschränkten Händen dazuliegen und Löcher in die Decke zu starren. Wenn er sich bewegte, so höchstens, um eine Platte aufzulegen.
»Was hat der Junge nur?« fragte Frau Harich unten im Wohnzimmer ihren Mann. »Er hat sich den ganzen Tag nicht aus dem Haus gerührt. Dabei sind doch Ferien.«
Der Vater hing müde vor der Abendschau. Er zuckte mit den Schultern: Woher sollte er wissen, was sein Sohn hatte? Von dem Fahrrad hatte er nicht mehr angefangen, das würde schon in Vergessenheit geraten. Sollte er eben die Ferien in seinem Zimmer verbringen, wenn es ihm Spaß machte. Die Brüder hatten manchmal solche Launen in dem Alter, das würde sich auch wieder geben.
Bernd wollte, daß man ihn in Ruhe ließ. Er war wie in einen Kokon eingesponnen, hatte unsichtbare Wände zwischen sich und seine Mitwelt gezogen, hatte keine Lust, irgendwen zu sehen. Dabei fühlte er sich nicht unwohl, hatte keine quälenden Gedanken. Er spürte körperlich, wie die Zeit verrann, wie die Minuten und Stunden an seiner Haut abglitten. Es war wie eine große Erschöpfung nach einer unmenschlichen Anstrengung, die Abgeschlafftheit nach einem Wettkampf, der einen bis an die physischen Grenzen gefordert hatte.
Von draußen schlugen die Regentropfen ans Fenster,

liefen in schmierigen Bahnen die Scheiben hinunter. Gegen Abend erhellte das Wetterleuchten Bernds dämmrige Höhle, ließ blitzartig die Gegenstände darin sichtbar werden, als seien sie nur eine Sekunde lang vorhanden und nur für den Traum gemacht. Ein ferner Donner, der noch weit hinter den Hügeln, welche die Ebene begrenzten, zu verharren schien. Doch das Grollen enthielt eine Drohung, so kam es Bernd vor, der den Kopf hob, um zu lauschen. Vom Kabelweg drangen dann Schreie herauf, Gezänk. Die Zwillinge? Frettchen und Teddy? Aber alles war außerhalb der Mauern seines Zimmers. Das betraf ihn jetzt nicht ...

Alles abgesperrt

Zwei oder drei Kilometer entfernt wurden inzwischen mehrere Reihen Kirschbäume Opfer der kreischenden, ratternden Säge. Die war trotz des Regens unermüdlich an der Arbeit. Auch die Ramme, deren Ketten tiefe Spuren im Schlamm des Feldes hinterließen. Betonpfähle versanken im Erdreich, wurden hineingeschlagen, als würden Streichhölzer in einen Pudding gestoßen. Dann standen sie in Reih und Glied in der grauen Luft: kein erfreulicher Anblick. Er hatte etwas von Gefängnis, von Kaserne. Es wurden auch immer mehr Pfähle, exakt ausgerichtet die drohend nach außen gebogenen Spitzen.

Kaum steckten alle Masten im Boden, wurde dicker Draht gespannt, festgezurrt von der Winde des Unimogs. Ein Allzweckfahrzeug, geeignet für blitzschnelle

Operationen dieser Art. Dann wurde mit Hilfe einer Abwickelvorrichtung engmaschiger Draht gezogen, mit Nieten und Haken befestigt, Meter um Meter und um das ganze Gelände, damit es einbruchsicher wurde, damit man Unbefugten mehr als nur dieses lächerliche gelbe Verbotsschild zeigen konnte, das kein Mensch beachtete, Kinder und Jugendliche schon gar nicht. Schließlich wurde das schwere Eisentor angebracht, über zwei Meter hoch, unübersteigbar, und mit einem klotzigen Schloß versehen. Eifrig wurde gearbeitet. Rasch und geübt bewegten sich die Männer in ihrem Ölzeug, als gelte es, Rekorde zu brechen. Wahrscheinlich hatte man ihnen Sonderzulagen versprochen, wenn sie schnell und unauffällig in einer bestimmten Zeit mit ihrer Arbeit fertig würden.

Da unten würde sich kein Echo spielender Kinder mehr an den Wänden brechen.

Da würde kein Angler mehr den Köder auswerfen.

Da würden keine lebensmüden Idioten mehr auf dem Wasser herumturnen.

Dieses Gelände wurde anderen Zwecken zugeführt.

Einige Tage hatte es im Viertel so ausgesehen, als hätten sich nun alle in ihre Schneckenhäuser zurückgezogen. Und das mitten im Hochsommer, der, zugegeben, bisher kein Sommer gewesen war. Der Treffpunkt Kabelweg/Pappelstraße lag verwaist, als seien nun auch die Jugendlichen vom Isolierungsdrang, der sonst meist ihre Eltern charakterisierte, ergriffen worden. Kuno dachte an Elke, Elke dachte an Bernd, Bernd dachte an gar nichts und gab sich seiner Melancholie hin. Andrea wirbelte in den Geschäften der Stadt herum, und die Zwillinge gingen sich auf die Nerven.

Doch beim ersten Sonnenstrahl nach der Regenperiode trafen sie, wie auf geheimen Befehl, wieder zusammen. Standen herum, knotterten und raunzten sich an, schienen alles andere als in Ferienlaune. Kuno mochte Bernd nicht schon wieder nach dem Fahrrad fragen. Das hing einem ja bald zum Halse raus.

In den letzten Tagen hatte Kuno mehrere Zeitungsartikel gelesen. Fast in jeder Ausgabe des »Rechtsrheinischen Anzeigers« fand man etwas zum Thema Umweltverschmutzung, Verseuchung von Erde, Luft, Wasser und so weiter und so fort. Kuno sammelte die Ausschnitte in einer Mappe, und bei Gelegenheit würde er diesen Ignoranten hier was erzählen, daß ihnen die Augen übergingen, zum Beispiel: Zuviel Cadmium aus den Schornsteinen; Bleivergiftungen bei Kindern festgestellt; Tausende von Fässern Dioxin lagern vor Amsterdam im Polder; Krebs bedroht PVC-Arbeiter; total verseuchtes Grundwasser nach wilder Giftmüllablagerung auf Hessens Müllkippen.

Seinem Vater gegenüber hatte Kuno kürzlich das Thema angeschnitten. Mit dem konnte man ansonsten ganz gut über vieles reden, doch diesmal hatte er abgewinkt und gesagt, er, Kuno, sollte sich noch nicht mit diesen Dingen befassen, sondern lieber seine Jugend und die Ferien genießen.

Wie üblich Geschrei, als die Zwillinge anrückten.

»Du kriegst die Tür nicht zu!« rief Carola.

»Aus mit dem Baden im See!« Siegfried setzte eine tragische Miene auf.

»Ja, nichts ist mehr!« bestätigte seine Schwester.

»Und warum?«

»Seht euch die Bescherung selber an! Alles abgesperrt, eingezäunt! Da kommt keiner mehr rüber. Höchstens

einer, der zufällig fliegen kann. Kommt keiner mehr durch, der größer als eine Maus ist, das kann ich euch versichern!«

Was faselten die da? Bernd, Kuno, Elke und Andrea verstanden nicht. Der See sollte abgesperrt sein? Sie waren doch erst vor einer Woche da gewesen und hatten herumgetobt (woran Kuno sich ja immer noch mit einem leicht bitteren Nachgeschmack erinnerte!) und wollten wieder hin, sobald das Wetter es zuließ.

»Das könnt ihr euch aber aus dem Kopf schlagen«, sagte Carola, »die haben das verhindert.«

Wer »die«? Wer hatte das getan?

Sie gingen hin, wollten es alle mit eigenen Augen sehen und nachprüfen, was dran war am Geschwätz der Zwillinge.

Es bot sich ihnen ein Bild des Jammers! Die kleinen Kirschbäume waren auf einen Haufen geworfen, die Früchte in den Schlamm getreten, zerquetscht, daß sich der rote Saft mit dem Matsch mischte. Umgewühlte Erde, Dreckhaufen, es ließ sich nicht übersehen: ein übermannshoher Zaun vor ihnen. Da stieg tatsächlich niemand so einfach drüber!

»Also, das haben sie hier nicht aus Spaß gemacht«, sinnierte Kuno. »Hier soll bestimmt eine Müllkippe hin oder so was Ähnliches.«

Es gab mehrere frühere Kiesgruben in dieser Region, die von den Gemeinden als Mülldeponien freigegeben worden waren und dann solange benutzt wurden, bis das Loch aufgefüllt war.

»Laßt uns suchen, vielleicht finden wir noch eine Möglichkeit.« Das war Bernds Vorschlag.

Sie untersuchten den Zaun, Schritt für Schritt. Unten lag der See, grün, mit ruhigem, spiegelglattem Wasser,

in dem sich die Uferlinie ohne Verzerrung abzeichnete, die Konturen der Gebäude, Silos, der gelben Raupe, die heute an der Steilwand stand; die Formationen und Linien der Sandablagerungen. Sie rüttelten an den Maschen, bis ihnen die Finger schmerzten, zogen und rissen mit vereinter Kraft an den Betonpfählen, um einen zu lockern, umzulegen, aber es ging nicht. Es war zum Heulen! Die einzige Chance, in den Ferien ein bißchen Spaß zu kriegen, die einzige Abwechslung schien dahin. Über das hohe, mit Stacheldraht und Eisenspitzen bewehrte Tor zu steigen, war aussichtslos.

Bernd zeigte auf die verrosteten runden Silos auf Stelzenbeinen, von denen die Farbe in großen Placken abblätterte. Der Zaun war zwischen zweien hindurchgezogen worden, so daß einer der Behälter außerhalb stand.

»Na, und jetzt?« – »Was ›na, und jetzt?‹? Wir gehen da rein und hoch und rüber!«

Jetzt sahen sie, was Bernd meinte: Die Silos waren oben mit einem schmalen Steg verbunden, eine Art Gerippe. Dort mußte wohl früher ebenfalls ein Förderband gelaufen sein. Die Lastwagen waren unter die Silos gefahren, eine Klappe wurde geöffnet, und das Baumaterial rutschte auf die Ladefläche.

Siegfried kratzte sich am Kopf und machte ein bedenkliches Gesicht. »Ist das nicht ein bißchen hoch?« fragte er.

»Fünf, sechs Meter, das schaffen wir«, sagte Bernd, »die hier eingezäunt haben, haben an diesen Weg eben nicht gedacht!«

»Die haben auch nicht damit gerechnet, daß Zirkusartisten hierher kommen«, entgegnete Carola.

Erst galt es, bis ans Ende der Leiter zu kommen, die an der rostigen Außenwand emporführte. Bernd wollte den Vorkletterer machen. Ob die Leiter hielt, das war die Frage.

Sie bildeten eine Pyramide, die er erklomm. So kam er an die unterste Sprosse, zog sich hoch. Turnte hinauf wie ein Pavian. Rost rieselte den Zurückgebliebenen auf die Köpfe, in die Nasenlöcher, wie sie dastanden und hinaufguckten!

Oh, Gott, wie die Leiter wackelte! Wenn das nur gutging! Wie das gesamte Gebilde schwankte, die Stelzenbeine knirschten!

Dann die winkende Gestalt hoch oben. Ein schwarzer Scherenschnitt gegen die wässrige Helle des Himmels.

»Hallo!« und »Juhu!« und ein Tarzanschrei.

»Ist leicht«, rief der Balancier-Künstler herunter, »hier kann man prima gehen!«

Nach ein paar Tagen, als jeder diesen ungewöhnlichen Zugang mehrmals gegangen war, kannten sie auch jede einzelne Trittstufe und Leitersprosse, jeden Griff, vor allem drüben im anderen Silo, das Bernd jetzt erreichte und darin verschwand, weil dort eine Leiter innen entlang führte.

»Wenn jetzt nicht noch was passiert«, unkte Siegfried, und man hörte ein Schaben und leises Klopfen. »Hab' schon gelesen, daß welche vom Sand verschüttet wurden.« Siegfried schien es darauf anzulegen, seine Freunde zu beunruhigen. Ein Klopfen, ein Rieseln und Anstoßen, ein lauter Schlag!

Elke preßte die Hand auf den Mund. Aber dann zeigte sich Erleichterung: Aus der trichterförmigen Öffnung schauten Beine heraus. Gezappel, der Körper folgte, ein etwas angestaubter Bernd kam zum Vorschein und

hangelte sich auf den Steg, von dem aus die Öffnungsklappe bedient wurde.
Da war er, heil und unversehrt, wie man sah! Schmutzig, aber fröhlich, der Eroberer des feindlichen Territoriums.
»Gut gemacht!« riefen seine Kollegen über den Zaun. Nun waren sie begierig, es ihm nachzutun. Aber ganz so einfach war es nicht. Wie, zum Beispiel, sollte man an die Leiter kommen, wenn keine Pyramide da war? Das Problem wurde gelöst: Sie sammelten Steine, Holzlatten und Bretter, von diesem Zeug lag genug herum. Sie bauten ein Gerüst, eine Plattform. Etwas wacklig die Angelegenheit, aber es ging so, und schließlich war sie hoch genug, daß auch der kleine Manni an die Leiter heran konnte. Das Überqueren der Silobrücke war – etwas Geschick und Mut vorausgesetzt – kein Problem mehr.

Unklare Spuren

Nun begann eine gute Zeit für die Clique. Sie trauerten jedem Tag nach, der zu Ende ging. Natürlich gab es auch Streitereien und Eifersüchteleien, Auseinandersetzungen und Kräche, wie sie nicht ausbleiben in einer Gruppe, die sich zusammenrauft und dabei manchmal in zwei oder mehr Lager zerfällt. Bernd und Elke kamen fast jeden Tag, auch Kuno und Andrea und meistens die Zwillinge. Manni hatte andere Interessen und Spielgefährten, wie seine Schwester es gehofft hatte: Sie brauchte ihn nicht mehr mitzunehmen. Gelegentlich ließen sich oben am Zaun auch fremde Kinder

blicken, doch meistens blieb die Gruppe ganz unter sich. Die Sonne spiegelte sich mittags in dem grünen Wasser, durch das sich, weil es nun oft aufgewühlt wurde, gelbe Lehmbahnen zogen. Die Vögel beruhigten sich mit der Zeit, äugten von ihren Aussichtsplätzen in der Steilwand herunter, schienen sich an die von Tag zu Tag brauner werdenden Menschen gewöhnt zu haben. Vielleicht erlebten die Jugendlichen diese Tage auch deshalb so intensiv, weil im Hintergrund ihres Bewußtseins der Gedanke lauerte, es könnte jederzeit jemand kommen und sie vertreiben. Der Besitzer, die Polizei, irgendwer. Die Raupe stand noch da, andere Arbeitsgeräte auch. Und waren nicht mitunter Spuren zu sehen, Reifeneindrücke vor dem Tor?

Bernd und Elke trieben auf dem Floß, das sie aus zwei Pontons und darübergelegten Brettern gebaut hatten. Ein breites Brett diente als Paddel und Ruder. Sie bewegten das Gefährt in die äußerste Ecke des Sees, möglichst weit weg von den anderen, die auf ihren Decken und Handtüchern lagen. Glitten dahin in sich kräuselndem Wasser. Bernds Kopf war schwer von der heißen Mittagssonne. Dösig. Er sah Elkes Rücken vor sich, die sich kreuzenden Bänder ihres Badeanzugs. Sie bat ihn, sie einzureiben und drückte ihm das Sonnenöl in die Hand. Bernd rieb sie also ein, zart und behutsam, sie lobte ihn dafür, lächelte und ließ den Arm spielerisch ins Wasser hängen.
Sie trieben am Fuß der Wand, wo die Raupe, so sah es wenigstens aus, hohe Kiesberge aufgeschüttet hatte.
Am Nachmittag war es dann meistens totenstill in der Grube. Die Vögel zogen sich zurück.
Kuno sah die beiden auf dem Floß. Die hängen so eng

zusammen, dachte er, bemühte sich nichts zu denken, blätterte in seinem Buch. Er las ein paar Seiten, konnte sich aber nicht konzentrieren, weil er zu oft über den Teich schaute, auf dem ein Licht gleißte, daß einem die Augen schmerzten. Und schon wieder hatte er den Eindruck, als höbe sich der Wasserspiegel! Aber das kann doch nicht sein! Meine Phantasie ist überreizt, dachte Kuno. Sie gaukelt mir Dinge vor, die nicht da sind. Aber es stimmte, und das sah er deutlich, deutlich, daß Elke und Bernd dicht zusammenlagen auf diesem Floß und Bernd seinen Arm auf Elkes Rücken liegenließ, wogegen sie anscheinend nichts hatte.
Die Sonne verschwand hinter dem oberen Rand des Steilhangs, die Schatten wurden länger, die Konturen traten schärfer hervor.
Was machte Andrea? Sie lag mit riesengroßer Sonnenbrille auf riesengroßem, knallrotem Badetuch, die langen, schlanken Glieder von sich gestreckt, lag stundenlang und verfärbte sich, hoffte auf immer mehr Bräune. Dann mußte sie der Sonne nachrücken, zog ihr Badetuch wie eine samtene Schleppe hinter sich her. »Was die alles für ihre Schönheit tut!« mokierte sich Carola. Aber Andrea tat so, als sei sie taub. Dem Kuno winkte sie zu, der sich wieder zu einer Entdeckungsreise durch das Gelände aufmachte, weil er zum Lesen jetzt keine Lust mehr hatte.
An einem Tag hatte sich Kuno eine Taucherbrille mit Schnorchel besorgt, ließ sich dahintreiben und versuchte, die unergründliche gründunkle Tiefe auszukundschaften. Die Ufer, das stellte er gleich fest, fielen sehr steil ab an den meisten Stellen, verschwanden im Nichts. Ansonsten sah er nicht viel, genoß aber die Schauer, als könnte sich jeden Augenblick etwas ganz

und gar Unmögliches ereignen: das Ungeheuer auftauchen, das in seinen Vorstellungen geisterte. Unter Wasser erblickte er irgendwelche Betonfundamente, handfeste Klötze, die ziemlich unheimlich wirkten, teilweise mit Algen bewachsen und verschlammt. Vor Jahren mochten Kräne dort verankert gewesen sein. An manchen Stellen standen Eisenstäbe weg wie ausgestreckte, um Hilfe flehende Finger. Eine Tür, wie angelehnt: Da wäre er gerne hingetaucht, aber er traute sich nicht. Ein Schwarm silberner Fische zog vorbei. Waren die hier ausgesetzt worden? Wo kamen sie her? Braune Flecken unter Wasser, unangenehmer Geschmack. Öl? War da unten irgendwo ein Faß ausgelaufen, eine Maschine leck geworden? Kuno machte, daß er wegkam.
Die Zwillinge warfen mit Steinen auf Büchsen ...
Am Abend, wenn es kühler wurde und die Steilwand drohend wie eine schwere Masse über ihnen hing, zogen sie heimwärts. Müde und hungrig turnten sie durch die Silos und über die Förderbrücke. Die Haut brannte, sie waren zufrieden, erschöpft von der Sonne, vom Schwimmen und Tauchen.

Sie bauten einen Grillplatz. Schichteten Ziegelsteine auf, legten einen Rost darüber, den sie im Gerümpel fanden. So einfach war das. Brennholz gab es genügend, fehlte nur noch etwas zum Grillen. Sie kratzten ihr Geld zusammen; der Supermarkt pries billige Würstchen an. Elke kaufte ein, sie kannte sich aus mit den Preisen; Kuno bot seine Hilfe an, sie sorgten gemeinsam für Vorrat. Einmal gab es sogar Koteletts und Steaks, ein Festmahl. Das Feuer brannte, Rauchfäden zogen über das Wasser, würzten die Luft. Kuno

spielte Koch, wendete und salzte, paßte auf, daß nichts verkohlte. Pappteller hatten sie mitgebracht und Besteck, Senf und Brot.
»Wenn wir uns bloß nicht verraten mit unserer Rauchfahne«, sorgte sich Siegfried. »Wir sind keine Schiffbrüchigen, die Hilfe herbeiholen wollen. Im Gegenteil, würde ich sagen. Wir wollen froh sein, wenn uns hier niemand auf den Pelz rückt.«

Die Tage in der Kiesgrube gingen dahin.
»Ich könnte schwören«, sagte Kuno eines Nachmittags, »daß sich hier was verändert hat! Wenn ich bloß genau wüßte, was!«
Auch Elke und Bernd hatten mitunter diesen Eindruck. Waren nicht Spuren vorhanden, die unmöglich von ihnen stammen konnten? Stand nicht die Raupe mal so, dann wieder anders?
»Wahrscheinlich Einbildung«, beruhigte Bernd sich und die anderen. »Kann doch gar nicht sein. Hätten wir doch längst gemerkt, wenn hier noch gearbeitet würde. Wann sollte das sein? Etwa nachts? Wir waren doch fast jeden Tag da!«
»Man kann es nicht wissen«, gab Kuno zu bedenken. »Erinnert euch an den Zug. An den hat erst auch keiner geglaubt, und heute fährt er wie selbstverständlich und transportiert was weiß ich für giftiges Zeug. Kein Mensch sagt was dazu.«
Sie bauten einen Unterstand aus Brettern und Dachpappe. Er wurde hoch genug, daß sie drin stehen konnten, und als noch ein Tisch und zwei Bänke hineingezimmert wurden, war es schon mehr eine richtige Hütte geworden. Nun konnte es regnen, soviel es wollte: ihr Bau blieb dicht. Manchmal saßen sie bei

Kerzenschein und zugezogenen Vorhängen. Ja, Vorhänge hatten sie, man glaubt es kaum! Elke hatte sie aus alten Fetzen genäht und an einer Gardinenstange befestigt, die sich auf dem Speicher zu Hause gefunden hatte. Und Andrea hatte einen Strauß roter Mohnblumen in einem Glas auf den Tisch gestellt.
Manchmal kam ein Spaziergänger vorbei, der sich verirrt hatte, und sah die Jugendlichen da unten am Hang zwischen den Ginsterbüschen an ihrer Hütte hantieren. Er fragte sich, wie sie wohl in das Gelände gekommen waren. Einmal hatte auch einer etwas runtergeschrien, das sich nicht sehr freundlich anhörte. Aber sie waren nicht weiter beunruhigt. Eher von den unklaren Spuren hie und da, die sie nicht deuten konnten: umgeknickte Büsche und Bäumchen am Tor, tiefe Fahrrillen und Höhlungen in der Steilwand, die offensichtlich von der Raupe gegraben worden waren. Das mußte immer am späten Abend geschehen sein, wenn sie schon fort waren. In dieser Jahreszeit war es fast bis zehn Uhr hell. Sie mußten besser aufpassen, sie durften sich keinesfalls erwischen lassen, sonst würde man sie aus dem Paradies vertreiben.

Der Sommer setzte deutlich seine Zeichen, prägte das flache Land zwischen den Hügeln. Die Getreidefelder waren abgeerntet, die ersten Äpfel fielen, das Kartoffelkraut fing an, zu verdorren. Ein glasiger Dunst waberte über den Feldwegen, aber hoch oben im wasserhellen Blau zogen Düsenjäger ihre zerlaufenden, flüchtigen Bahnen. In den Leitungen der Hochspannungsmasten sirrte es stärker denn je, als würden sie vom allabendlichen Wetterleuchten noch zusätzlich aufgeladen. Jedermann wartete auf das Gewitter, doch

es kam nicht. Die Erlösung von der sommerlichen Anspannung blieb aus. Erst vor kurzer Zeit noch hatten die Menschen unter dem Regen gestöhnt, nun war es die Hitze, die ihnen zu schaffen machte. Geruchsspuren nach Chemie, nach Schwefel und anderem stinkenden Zeug und nach dem weißen Mittel, das die Bauern auf Klee, Sellerie und Salat sprühten. Nur wer sich am späten Nachmittag der Kiesgrube näherte, kriegte unter Umständen einen angenehmeren Duft in die Nase, nach Bratwurst und Koteletts nämlich. Da hockten sie mal wieder um ihren Rost ...

Zweiter Teil

Dialog im Betriebsbüro

Die beiden Männer saßen am Tisch im Betriebsbüro. Ihr Gespräch ging ungefähr folgendermaßen:
»Mir ist nicht wohl bei der Sache«, sagte der erste.
»Wir haben alles abgesprochen und geplant«, sagte der zweite.
»Ja, schon. Aber . . .«
»Es ist nur für kurze Zeit. Ein halbes Jahr höchstens, dann holen wir das Zeug da wieder raus.«
»Ich glaub' das nicht. Der Bau der Verladerampe dauert viel länger – wenn sie überhaupt jemals gebaut wird. Und bis jetzt haben sie nicht mal damit angefangen.«
»Aber *wir* haben schon anfgefangen, wir haben schon viel Arbeit reingesteckt. Und wenn es ein Jahr mit der Rampe dauert, was macht das uns aus?«
»Wenn sie die gar nicht bauen?«
»Ist nicht unser Bier!«
»Sicher ist es unser Bier! Wir sind es, die sie an die Hammelbeine kriegen, wenn was schiefgeht!«
»Wir haben Rückendeckung, es kann nichts schiefgehen!«
»Ach, wir sind doch für die nur kleine Krauter! Wenn's drauf ankommt, lassen sie uns fallen wie heiße Kartoffeln!«

»Sieh mal nicht zu schwarz!«
»Tu ich aber!«
»Sei froh, daß wir diesen Auftrag haben. Wenn es nicht ganz legal zugeht, kann es uns gleich sein. Und denen ist es offenbar gleich, wie wir das Zeug wegschaffen.«
»Das ist es ja, allen ist es egal! Ich weiß nicht, ob das gut ist.«
»Gut oder nicht gut, es bringt doch eine schöne Stange Geld, oder?«
»Geld ist nich' alles.«
»Aber verzichten willste auch nicht darauf?«
»Das nicht gerade.«
»Siehste!«
Eine kleine Pause trat ein. Sie rauchten. Dann fing der erste wieder an: »Man hat soviel gelesen von Sachen, die aufgeflogen sind. Es gibt Gesetze, nach denen man sich richten muß.«
»Na ja, Gesetze, die hab' ich eben nicht gekannt. Hast wohl noch nichts von Zwischenlagerung gehört, was!«
»Ja, aber was nützt uns das?«
»Damit kannste viel erklären. Was die Politiker im Großen mit dem Atommüll machen, das tun wir eben mit dem bißchen Zeugs auch, was wir wegschaffen sollen.«
»Aber wir haben keinen klaren Auftrag.«
»Ich hab' mit dem Typ vom Werk gesprochen. Das genügt, weil der dafür zuständig ist.«
»Hast du was schriftlich?«
»Nein, brauchen wir nicht. Geht auch nicht. Wir sind keine eingetragene Firma, das scheinst du zu vergessen.«
»Die wollen offiziell nichts mit uns zu tun haben, das ist es.«

»Das braucht uns nicht zu interessieren. Wir machen unsere Arbeit. Wir brauchen es nicht gerade an die große Glocke zu hängen. Wie bisher warten wir ab, bis es dunkel ist.«
»Wenn du meinst.«
»Jetzt wirste langsam vernünftig, scheint's.«
»Bleibt mir ja nichts anderes übrig.«
»Also, dann können wir ab morgen das Zeug transportieren. Sag den anderen beiden Bescheid. Die wissen ja, wo's langgeht, war'n schon mal mit. Sie sollen bloß die Schnauze halten und keinem was sagen. Mach ihnen das klar!«
»Mach' ich.«

Störung beim Karten spielen

Kurz vor neun, die Dämmerung kam schnell. Kuno löschte das Grillfeuer, die anderen saßen in der Hütte und spielten Schafskopf. Sie betrachteten diese Hütte inzwischen als ihr zweites Zuhause und trennten sich abends nur ungern von ihr. Auf einem Regal standen Colaflaschen, auch Salzgebäck war da, Chips und Würmchen.
»Du bist dran, schlaf nicht, Teddy!« schimpfte Carola, drei Salzstangen im Mundwinkel.
»Ja doch, nicht so hastig!« brummte Siegfried. Er war eben in diesen Spielen nicht der schnellste. Auch Andrea runzelte angestrengt die Stirn, als sie austeilen mußte. Die Kerzen brannten unruhig.
Ein erschreckter Vogelschrei, als habe irgendwo eine Katze zugeschlagen.

»Sollten wir nicht langsam Schluß machen?« mahnte Elke.
»Diese Serie noch zu Ende«, bettelte Carola.
In dem Augenblick pochte Kuno von außen an die Tür.
»Kerzen aus!«
»Was ist los?« Carola nahm erstmal ihre Karten auf, Bernd goß sich das Glas voll und trank.
Kuno riß die Tür auf. Sein verschwitztes rotes Gesicht im flackernden Kerzenschein. Schatten huschten über die Bretterwände.
»Kerzen aus! Da kommt jemand!« stieß Kuno hervor.
»Wo?«
Doch sie hatten schnell begriffen: Das waren heute abend keine harmlosen Spaziergänger.
Sie bliesen die Kerzen aus, glühende Dochte verzischten im flüssigen Wachs. Spannung legte sich über die Gruppe. Schweigen.
»Ist das Feuer aus?«
»Ich hoffe.« Normalerweise war Kuno sehr sorgfältig mit dem Feuer. Aber es konnte sein, daß es noch qualmte.
Scheinwerfer näherten sich dem Tor. Ein Lastwagen hielt. Ein Dieselmotor tuckerte.
Wie deutlich man jeden Laut hörte in der Abendstille! Jemand machte sich am Tor zu schaffen. Das waren keine, die sich nur verfahren hatten, die eigentlich woanders was ab- oder aufladen wollten. Nein, die nicht. Das Tor schwang auf, der Lkw setzte sich wieder in Bewegung. Seine Lichter spiegelten sich im glatt und dunkel daliegenden See, huschten eine Sekunde herüber, daß die in der Hütte unwillkürlich den Kopf einzogen.

»Wenn das bloß mit rechten Dingen zugeht«, flüsterte Carola.
»Wir wollen ganz schnell verschwinden!« sagte Andrea und warf ihre Basttasche, in die sie ihre Sachen gestopft hatte, über die Schulter.
»Nein, das geht jetzt nicht mehr«, sagte Bernd. »Wir müssen hierbleiben. Sie würden uns sofort entdecken, wenn wir über die Silos gehen.«
»Was macht es aus?« fragte Andrea. »Sie kennen uns doch nicht.«
»Eben«, meinte Kuno, »sie kennen uns nicht, und wir kennen sie nicht. Wer weiß, wie die reagieren, wenn sie merken, daß sie beobachtet werden.«
Im Grunde genommen hatte Kuno diese Störung seit Tagen erwartet.
Sie drängelten an dem schmalen Fenster. Da konnten nicht alle gleichzeitig hindurchsehen. Kuno spürte Andreas hastiges Atmen.
»Was machen sie?«
Ein Mann dirigierte den Wagen auf den schmalen Uferstreifen unterhalb der Steilwand. Die Reifen mahlten auf dem losen Untergrund, das Knirschen war bis in ihre Hütte zu vernehmen.
»Die waren sicher schon öfters hier«, stellte Kuno fest. »Die wissen, was sie wollen!«
»Und was?« fragte Carola.
»Irgendwelche Schweinereien werden sie schon vorhaben«, vermutete Siegfried, dem auch nicht besonders wohl in seiner Haut war, »sonst würden sie wohl kaum so spät ankommen.«
»Vielleicht machen sie Überstunden«, überlegte Elke, »oder Nachtschicht.«
»Na, prost Mahlzeit!« sagte Carola. »Dann können

wir uns ja auf eine lange Nacht gefaßt machen! Aber ohne mich!«

»So wild wird's schon nicht werden«, beruhigte sie Kuno.

Sie hingen wie Verschwörer in ihrem Büdchen. Es wurde ganz dunkel; im Lichtkegel der Scheinwerfer sahen, nein, ahnten sie mehr, wie die Arbeiter da drüben hantierten. Sie standen mit dem Lkw beim alten Wiegehaus.

Dann ein Knallen. Eine Serie von Fehlzündungen: die Raupe sprang an! Das Dröhnen brach sich an den Wänden der Kiesgrube, sofort flammten weitere starke Scheinwerfer auf.

Was sollte das nun wieder?

»Die wollen wirklich arbeiten!« Carola bangte um ihr Feriengelände. »Verdammter Mist!«

»Abwarten, liebe Leute«, riet Kuno. Sie schlichen sich hinaus. Es war finster genug. Auf dieser Seite konnten sie nicht mehr ohne weiteres ausgemacht werden. Sie verbargen sich in den Ginstersträuchern. Nur Carola war mit Andrea in der Hütte geblieben.

Am anderen Ufer bahnte die Raupe den Weg, der Lastwagen rumpelte hinterher. Schneckentempo, schemenhafte Gestalten sprangen umher, führten eine vorläufig noch undurchschaubare Pantomime auf.

»Stopp!« Der Ruf schallte herüber zu den heimlichen Lauschern. »Stopp! Hier fangen wir an!«

Der Motor des Raupenfahrzeugs heulte auf, 250 PS arbeiteten sich voran, schaufelten Kies beiseite, machten eine Höhlung in der Steilwand frei, die ein Suchscheinwerfer ausleuchtete; bügelte eine kleine Ebene platt, auf der der Lkw rangieren konnte.

Geschrei, Kommandorufe übertönten den Lärm.

»Die tun so, als wären sie allein!« flüsterte Carola von der Hütte her.
Die Ladeklappen des Lastwagens wurden abgeklappt, man sah zwei Männer hinaufsteigen. Die winkten die Raupe heran: noch ein Stück, noch einen Meter, gut so! Die entsprechenden Handbewegungen waren deutlich zu erkennen, so, und jetzt hoch, noch höher! Stopp! Die Raupe drehte auf der Stelle, hob die Schaufel wie eine Hand an die Ladefläche ... Ja, jetzt konnten sie erkennen, was hier abgeladen werden sollte, was die Männer auf die Raupenschaufel rollten.
»Also, wenn mich nicht alles täuscht«, sagte Kuno, »sind wir den Dingern da schon mal begegnet!«
Bernd wußte im Moment nicht, was gemeint war, doch dann war es im klar: Fässer, und zwar die mit den gelben Streifen in der Mitte, die sie im Werk zu Haufen gestapelt gesehen hatten. Jeweils vier von den Behältern wurden auf die Raupenschaufel gerollt, und ein Mann dirigierte dann den Fahrer zu der Höhle – oder eigentlich war es nur eine tiefe Ausbuchtung, die sie da gescharrt hatten –, wo die Fässer hingestellt wurden.
»Na, was sagst du?« fragte Kuno. »Wenn das nicht eine oberfaule Sauerei ist, dann weiß ich's nicht!« Vor seinen Augen stieg das Bild dieser merkwürdigen Tankstelle auf, auf die sie bei ihrem Werksausflug so unvermittelt gestoßen waren; diese hastenden schuftenden Männer in ihren Schutzanzügen, und über dem Platz hatte dieser furchtbar ätzende Gestank gehangen ... Was, dieser Gestank! Roch es nicht auch hier schon, Himmel noch mal?!
»Riecht ihr was?« forschte Kuno aufgeregt.
Sie schnupperten, hielten wie Hunde die Nasen in die Luft. Witterten, aber das war nichts außer der schwü-

len sommerlichen Hitze, dem schweren Duft des Ginsters.
Zwanzig Minuten oder eine halbe Stunde lang war die Raupe zwischen Lkw und Wand hin- und hergefahren, dann fing sie an, Sand und Steine vor die Öffnung zu schieben. Sesam öffne dich, Sesam schließe dich!
»Ich möchte wissen, was das hier soll«, erklärte Elke.
»Die verbuddeln hier was, was keiner wissen soll«, erwiderte Kuno.
Scharf schnitten die Lichter der Fahrzeuge in die Nacht. Das Krachen, als die Ladeklappen hochgeschlagen wurden. Hammerschläge. Streichhölzer wurden angerissen: Die Männer schienen im Schatten des Wiegehauses eine Zigarette zu rauchen.
»Dann hauen sie bald ab«, spekulierte Bernd.
»Wenn die wüßten, daß sie beobachtet werden«, sagte Kuno, »was würden sie wohl unternehmen?«
Carola kam aus der Hütte geschlichen. »Andrea hält nicht mehr lange aus«, verkündete sie. »Die ist schon völlig fertig mit den Nerven!«
»Ich auch bald«, seufzte Elke, »wir können gleich gehen. Die scheinen jetzt fertig zu sein da drüben!«
»Morgen sehen wir uns die Sache genauer an«, schlug Kuno vor.
»Warum nicht gleich?« fragte Bernd.
»Ihr spinnt! Es ist viel zu dunkel!« Elke erinnerte sich noch genau, wie es war, als die Knaben sich auf den Zug geschwungen hatten. Auch das Theater mit Klein beim Sommerfest fiel ihr ein. Sie war der Meinung, daß zuviel Neugier auch schaden konnte.
»Ja, sie hat recht«, meinte Kuno, »heute hat das keinen Sinn mehr.«
»Vielleicht kommen sie zurück«, befürchtete Siegfried,

der die ganze Zeit in seinem Strauch sitzend geschwiegen hatte.
»Kann schon sein. Wenn sie alle Fässer, die wir gesehen haben, hierher bringen wollen, haben sie tagelang, wochenlang zu tun«, gab Kuno zu bedenken.
Sie erschraken, als plötzlich der Raupenmotor verstummte, die hellen Scheinwerfer nach kurzem Nachglühen erloschen.
Hatte man sie zu guter Letzt doch noch entdeckt?
»Alles klar!« schrie jemand.
Türenschlagen, die Rücklichter des Lastwagens, der sich die Auffahrt hinaufarbeitete. Zwei Männer gingen nebenher, schlossen dann das Tor, rasselten mit Schloß und Kette. Wieder Türenschlagen, und der Lkw donnerte los, mit Vollgas auf den Feldweg, hinauf und ab.
Gott sei Dank!
Aber sie saßen noch ein, zwei Minuten in ihrem Versteck, als fürchteten sie, daß die Arbeiter jemanden als Wache zurückgelassen hatten, als trauten sie dem Frieden noch nicht.
Dann krochen sie aus dem Ginster heraus, atmeten auf, kratzten sich am Kopf, als sei Ungeziefer auf sie gefallen.
Bernd legte den Arm um Elke, sehr zärtlich und freundschaftlich und sagte: »Das war ganz schön happig, was?«
Kuno rief: »Rauskommen ihr beiden, der Feind ist weg!«
Andrea war weiß wie ein Leintuch, auch Carola war jetzt ziemlich kleinlaut geworden.
»Du brauchst keine Angst mehr zu haben«, wandte sich Kuno an Andrea, aber mehr, um sich selbst zu beruhigen.

Sie ertasteten sich ihren Weg, Bernd schwenkte die Taschenlampe. Er und Kuno fühlten sich ein bißchen als Beschützer, als diejenigen, die die Verantwortung trugen, daß alle in der Finsternis über die Silos kamen, sicher die Förderbrücke überquerten, denn ein Fehltritt konnte schlimme Folgen haben. Bernd und Kuno brachten Elke, Andrea und Carola heil über den Zaun, Siegfried bildete die Nachhut, hielt Ausschau, ob der Lastwagen wieder zurückkam mit neuer Ladung. Ihr Weg dauerte heute doppelt so lange wie sonst. Immerhin war es das erste Mal, daß sie sich so spät hier noch aufhielten. Andreas Mutter war da sehr ängstlich und »hat bestimmt schon lange die Polizei gerufen!«, wie ihnen Andrea auf dem Heimweg vorjammerte. Aber sie war froh, daß sie diesen Schreck in der Abendstunde halbwegs gut überstanden hatte.

Kuno hat eine Idee

Zwei Parteien hatten sich gebildet; die eine, dazu gehörten Andrea, Siegfried und Elke (sie schwankte aber noch), riet davon ab, sich weiter mit dieser Kiesgrube zu beschäftigen. Sie wollten gar nicht mehr hingehen, weil ihnen die Angelegenheit nicht ganz geheuer war.

»Nein, auf keinen Fall mache ich weiter mit!« erklärte Andrea nachdrücklich. Am nächsten Tag war sie nämlich wieder die alte, sicher und selbstbewußt, und ließ vergessen, wie sehr sie gestern abend noch gezittert hatte. Sie habe mit ihrer Mutter gesprochen, und die habe ihr direkt verboten, weiterhin mit zum See zu

gehen. Sie habe auch keine Lust mehr, und man brauche gar nicht erst zu versuchen (was Kuno tat), sie zu überreden. Basta!

Unterstützung hatte Andrea übrigens bei Siegfried gefunden, der sich ihren Standpunkt plötzlich zu eigen gemacht hatte. Die anderen wollten es fast nicht glauben: Siegfried, der sonst immer bei jedem Unsinn dabeigewesen war, behauptete auf einmal, es sei nicht nur gefährlich, sondern auch gesetzeswidrig, was sie täten, es sei glatter Einbruch, und er habe schon die ganze Zeit so ein mieses Gefühl dabei gehabt.

»Davon hat man aber nichts gemerkt, Teddy!« spottete Carola. Auch sie hatte sich von gestern abend schnell erholt, war wieder ganz die alte, nicht maulfaul und nicht ängstlich. Sie wäre am liebsten sofort aufgebrochen und hätte die Kiesgrube untersucht.

»Von wegen Einbruch«, schimpfte sie, »darunter versteh' ich aber was anderes! Und außerdem weiß ich nicht, warum ihr euch auf einmal alle in die Hosen macht!«

Nun ja, alle waren es nicht, aber auch Elke mischte sich ein: »Ich finde, daß wir die Finger davon lassen sollten!«

»Sieh an, auch du!« mokierte sich Carola. Das war enttäuschend für die Partei der Unternehmungslustigen, denn Elkes Stimme zählte viel in dieser Gruppe, weil es normalerweise Hand und Fuß hatte, was sie sagte.

»Vielleicht darf ich auch mal zu Wort kommen«, warf Kuno ein. »Ihr scheint bis jetzt nicht gemerkt zu haben, worum es in Wahrheit geht!«

»Dann sag es uns, lieber Kuno!« Die schnippische Andrea war das.

»Es geht doch gar nicht darum, ob wir weiter da baden

oder nicht. Ob wir in unserer Bude hocken, Karten spielen oder was weiß ich. Ob wir mit dem Floß rumfahren, Würstchen grillen . . .«

»Erzähl jetzt keinen Roman!«

»Da wird giftiges Zeug verbuddelt, darum geht es! Ihr habt es doch mit eigenen Augen gesehen. Bernd und ich, wir haben die Fässer mit den gelben Streifen doch schon gesehen! Wir wissen, wo die herkommen, wir haben beobachtet, wie sie von den Männern in den Schutzanzügen gefüllt wurden. Glaubt ihr etwa, die haben die Anzüge und Masken nur so zum Spaß getragen? Weil ihnen vielleicht zu kalt war? Und jetzt landen die Fässer auf einmal in unserer Kiesgrube! Werden einfach da hingestellt, als sei nur Wasser drin!«

»Aber die Leute gestern abend hatten doch keine Schutzanzüge an«, bemerkte Siegfried, »ich hab' nichts davon gesehen.«

»Nein, die nicht«, räumte Kuno ein. »Aber wahrscheinlich wissen die selber nicht, was los ist. Was sie da durch die Gegend transportieren. Oder es ist eben nur beim Abfüllen so gefährlich, was weiß ich.«

»Es kann doch sein, daß alles ganz harmlos ist. Vielleicht ist nichts Giftiges da drin«, entgegnete Elke.

»Daß ich nicht lache!« rief Kuno. »Das glaubst du doch selber nicht!«

»Wo sind die Beweise?« wollte Elke wissen. »Man kann nicht was behaupten und es dann nicht beweisen.«

»Wir sind hier einem ganz krummen Ding auf der Spur, sage ich euch!« Kuno war nicht zu bremsen.

»Bei der Sache mit dem Zug war auch nichts dran. Da hast du auch Gespenster gesehen, Kuno!« erinnerte ihn Elke.

»Das ist aber noch längst nicht raus! Wir haben uns bloß nicht mehr drum gekümmert. Und die Leute, die hier wohnen, tun auch so, als ginge sie alles nichts an!«
»Und was geht es sie an?« fragte Andrea. »Was geht es uns an, was sie mit der Kiesgrube machen? Uns gehört sie ja nicht, oder? Der, dem sie gehört, kann damit machen, was er will!«
»Eben nicht!« betonte Kuno und fuchtelte mit den Händen herum. »Das ist doch der Punkt. Sie können eben nicht mehr machen, was sie wollen!«
»Willst du die Leute anzeigen, die die Fässer da hingestellt haben?« fragte Siegfried.
»Na ja, ich weiß noch nicht. Aber das ist eine oberfaule Kiste für mich, und da werd' ich irgendwas tun!«
»Was denn?« Da wären sie wieder bei dieser Frage angelangt.
»Erstmal beobachten, wie sich die Sache weiterentwikkelt«, erklärte Kuno.
»Kuno will Detektiv spielen«, spöttelte Siegfried.
»Die Fässer hast du doch gesehen! Bernd, sag du doch mal was!« Kuno hoffte auf die Unterstützung des Kumpels. Bernd hatte bisher geschwiegen.
»Na ja«, zögerte der, »ich meine, daß wir jetzt nicht mehr so tun können, als ob nichts wär'. Ich meine, wir können die Sache nicht stillschweigend übergehen.«
Bitte, endlich ein Wort. Kuno blickte triumphierend um sich.
»Ich schlage vor, wir sehen uns das noch mal an«, sagte Bernd.
»Nein, ich nicht!« Andrea weigerte sich.
»Brauchst du auch nicht. Wir verzichten«, konnte sich Carola nicht verkneifen. »Und wie ist es mit dir, Elke?«
»Ich kann heute sowieso nicht, ich muß mit Manni in

die Stadt.« Elke war froh, daß sie einen Grund hatte, sich jetzt nicht anschließen zu müssen.
Siegfried weigerte sich ebenfalls, was ihm Beschimpfungen seiner Schwester einbrachte.
Also gingen sie heute allein: Bernd, Kuno und Carola.
Und was war mit ihrer Kiesgrube?
Beinahe hatten sie erwartet, jeder für sich, ohne das laut zu sagen, daß sich dort inzwischen etwas Phänomenales, etwas Unwahrscheinliches ereignet hatte: eine Explosion, ein Einbruch der Sandmassen, Aufspringen von Wasserfontänen, verkohlte Bäume, umgestürzte Silos, ihre Bude jedenfalls im Eimer und der Grillplatz ein Bombenkrater – doch nichts von alledem! Alles war noch an seinem Platz, wie sie es gestern abend verlassen hatten. Der See lag so grün und ruhig wie immer mit seinen rostigen Pontons. Auch das Floß war da, angebunden an einem Uferstrauch. Die Bude zwischen dem Ginster, der Grillplatz mit der weißlichen Asche daneben – nein, da hatte sich nichts verändert, soweit man auf den ersten Blick feststellen konnte.
Von einem Lastwagen keine Spur. Doch, Fahrspuren führten die Einfahrt hinunter. Zerwühlte Erde. Und die Fässer?
Berge von Sand, Steine. Sie erkannten deutlich die Stelle, wo die Raupe gebuddelt hatte. Ein Ahnungsloser hätte allerdings keine besonderen Veränderungen bemerkt. Haufen von Sand, Kies und sonstigem Material lagen schließlich an mehreren Stellen der Grube.
»Sie geben sich keine große Mühe mit dem Wegschaffen«, sagte Kuno, »sie stellen die Fässer einfach hin und schütten Sand davor.«
Sie kletterten über ihren Geheimweg, rasch und

behende wie immer, und inspizierten das Ufer. Heute keine Gedanken ans Vergnügen, niemand wollte baden, grillen, Karten spielen.
»Ich weiß nicht, ob ich jemals wieder ins Wasser gehe!« Carola schüttelte sich. »Vielleicht ist schon alles verseucht. Man wird krank, die Haut fällt einem ab und ich weiß nicht was . . .«
»Nun hör aber auf!« rief Kuno.
Die Rampe stand beim Wiegehaus, die Schaufel auf den Boden gestützt.
Die drei linsten vom Kiesberg ständig nach dem Eingang der Grube hin, hörten auf verdächtige Motorgeräusche. Hinter ihnen die steile, dreißig Meter hohe Wand.
»Eines Tages wird sie gesprengt, und viele tausend Tonnen haben die Fässer begraben«, prophezeite Kuno. »Kein Hahn kräht dann mehr danach.«
»Und wenn sie durchrosten?« fragte Carola.
»Dann läuft die Brühe in die Erde, ins Grundwasser und damit in das Trinkwasser. Dann gibt's ein Massensterben, vielleicht.«
»Was ist da eigentlich drin?« wollte Carola wissen.
»Rückstände von der Kunststoffherstellung nehme ich an, weil wir die Behälter schon mal gesehen haben. Chlorid, Phenol oder irgendwelche Säuren, weiß der Geier, wie das Zeug alles heißt. In Holland haben sie ganze Seen damit vollgeschüttet, und dann wußten sie nicht mehr, wieviel und wo genau es war, als die ersten Fässer durchgerostet waren. So sieht das nämlich aus!«
»Kriminelle Sache!«
Sie untersuchten die Wand, aber es war so mit bloßen Händen nicht viel auszurichten. Bernd und Kuno kletterten in die letzten Ecken, Carola war ganz stumm

geworden. Ging ihr auf einmal auf, worum es sich hier handelte? Daß dies kein Spiel mehr war? Die Jungen hatten dieses Gefühl schon einmal gehabt, als sie mit dem Zug fuhren (nur vergißt man das hinterher sehr leicht): Es kommt der Moment, da man scharf und mitunter schmerzhaft die Grenze spürt zwischen Spiel und Ernst.

»Ich hätte da eine Idee«, ließ sich Kuno vernehmen und wischte die schmutzigen Hände an einem Fetzen ab.

»Was ist?« Carola wurde aus ihren Gedanken gerissen.

»Wir müssen uns an die Zeitung wenden«, sagte Kuno wichtig, als hätte er den Stein der Weisen gefunden.

»An die Zeitung? An welche Zeitung?« fragte Bernd, der auch wieder hinzugekommen war. Dieser Gedanke war ihm nun vollkommen fremd.

Kuno erzählte, was Feldes ihm mit den Leserbriefen vorgeschlagen hatte. Jetzt schien ihm die Sachlage akut genug, um darauf zurückzukommen: »Wir schreiben einen Brief und berichten, was wir beobachtet haben. Ihr unterschreibt auch!«

»Wird das denn abgedruckt?« Bernd war skeptisch.

»Das hoffe ich sehr!« Aber ganz so sicher fühlte sich Kuno dann doch nicht.

»Ich glaube, sie schmeißen das in den Papierkorb, wenn sie sehen, daß Schüler geschrieben haben«, vermutete Carola.

»Ach was, wir gehen einfach persönlich hin!« Kuno war sofort Feuer und Flamme. Diese Idee war noch viel besser!

»Kann man das?« erkundigte sich Bernd. Er stellte sich das ziemlich unmöglich vor, bei der Zeitung zu erscheinen. Und glaubten die einem?

»Also, das kann ich auch nicht wissen«, erklärte Kuno, »das müssen wir eben ausprobieren. Hingehen kostet nichts, und mehr als uns rauswerfen können sie nicht!«
»Ja, du hast recht«, bestätigte Carola.
Bernd zweifelte. In eine Zeitungsredaktion zu marschieren, war doch etwas anderes, als nachts auf einen fahrenden Güterzug zu springen oder im Ginster verborgen irgendwelche Typen zu beobachten, die dunklen Geschäften nachgingen.
»Soviel ich weiß, zahlen sie ein Honorar, wenn man ihnen Tips für Artikel gibt«, informierte Kuno die anderen. »Und es soll gar nicht schlecht sein, wie ich gehört habe.«
Sie schauten in ihrer Bude nach: die Kerzenstummel und Wachsflecken auf den Brettern; das Kartenspiel lag noch aufgeblättert, wie sie es beim hastigen Aufbruch verlassen hatten; eine halbvolle Cola-Flasche, zerkrümelte Salzstangen, eine Badehose; sie ließen alles, wie es war. Nur Carola zupfte sinnloserweise den Vorhang zurecht. Es war, als nähmen sie Abschied von dieser Episode. Abschied von den Ferien. So, wie es gewesen war, würde es nun nicht mehr werden. Das ahnten sie.

Die beiden Männer unterhielten sich wieder in ihrem Betriebsbüro.
»Läuft doch ganz gut«, sagte der erste.
»Ja, geht schneller, als ich gedacht hatte«, sagte der zweite.
»Und deine Bedenken wegen dieser Sache?«
»Ganz weg sind die noch nicht, wenn du das glaubst.«
»Ach komm, laß sie! Noch ein paar halbe Nächte, in maximal zehn Tagen haben wir den ganzen Schund

weggeschafft, sag' ich dir. Dann können die uns alle mal!«
»Hoffentlich hast du recht.«
Sie zogen an ihren Zigaretten.

Eine Geschichte für die Sauregurkenzeit?

Carola trat von einem Bein aufs andere und fragte: »Sollen wir echt?«
»Wir sind extra hierher gefahren«, erklärte Kuno, »jetzt gehen wir auch da rein!«
Kuno gab sich mutig. Schließlich waren sie freiwillig hier, und kein Mensch würde ihnen den Kopf abreißen. Auf dem Messingschild vor ihnen stand: »Rechtsrheinischer Anzeiger – Regionalredaktion«.
Also los, rein, und die Treppe hoch. Nach links, da lagen schon auf dem Flur Stöße von Zeitungen; an der Wand hing eine Zeichnung, auf der ein zähnefletschender, keuleschwingender Urmensch zu sehen war. Darunter stand: »Noch Beschwerden bitte?«
Und nun? Irgendwo hinten im Flur tickte es wild. Oben hing eine Uhr, die ging ganz falsch.
Einer kam ihnen entgegen, der in der Hand eine Tasse Kaffee balancierte. Die Hälfte von dem Getränk hatte er bereits auf die Untertasse verschüttet.
»Platz da, wenn ich bitten dürfte!« rief der Mann.
Sie drückten sich an die Wand.
»Verzeihung«, begann Kuno, »können Sie uns sagen ...«
Der Mann blieb stehen.
Sein Kopf hing an einem langen, gebogenen Giraffenhals hoch über ihnen. Der Mann war mindestens eins-

fünfundneunzig groß. Seine Augen funkelten wachsam hinter metallgerahmten Brillengläsern.

»Ja, kann ich euch sagen: Das Jugendzentrum ist nächste Querstraße links. Nicht zu verfehlen.«

»Wir wollten zu einem von der Zeitung«, sagte Kuno schnell, bevor man sie doch hinauswarf. »Sind wir hier richtig?«

»Das kommt drauf an, um was es sich handelt, liebe Leute! Zur Zeit sind die meisten hier im Urlaub. Zu wem wollt ihr denn genau?«

»Ach, zu irgendeinem, der hier zuständig ist für . . .«

Ja, wofür eigentlich? Kuno stockte.

»Ich warte.« Der Lange schlürfte den Kaffee aus der Untertasse.

»Wir wollten eine Information geben, weil wir einer heißen Sache auf der Spur sind«, startete Kuno einen neuen Anlauf.

»Einer heißen Sache? So, ja, das ist aber interessant.« Immerhin, der Mann von der Zeitung schien aufmerksam zu werden.

»Macht mal wenigstens eine Andeutung, in welche Richtung sich eure heiße Spur bewegt«, verlangte er.

»Ein Verbrechen.« Das trug Kuno erstaunte Blicke von Carola und Bernd ein. Es hatte so geklungen, als hätten sie mindestens einen Mord aufgedeckt.

»So, so, ein Verbrechen. Ich werd' immer neugieriger.«

»Es geht um Umweltverschmutzung.« Als Kuno das Wort aussprach, kam es ihm sehr bombastisch vor in seinem Mund. Er sprach rasch weiter: »Man liest doch soviel darüber, und da dachten wir . . .«

»Was dachtet ihr?«

»Na ja, weil wir doch gesehen haben, wie in der Kiesgrube Gift abgeladen wird. Und weil wir diese Fässer

schon in dem Werk der Chemko bemerkt hatten.«
Kuno war reichlich verdattert und hatte Mühe, seine Gedanken zu ordnen und zu formulieren.
»Kommt mal mit rüber in mein Zimmer. Hier auf dem Flur ist es nicht gerade besonders gemütlich für eine Unterredung, findet ihr nicht auch?«
Gott sei Dank, dachte Kuno, das war ein kleiner Sieg. Der Lange ging gebeugt vor ihnen her, sonst wäre er gegen die Türbalken gestoßen. Er führte sie in ein Zimmer, gegen das jede Rumpelkammer wie ein aufgeräumtes Wohnzimmer gewirkt hätte.
»Bitte sehr, nehmt Platz in meiner guten Stube!«
Der Mann warf sich in einen Drehsessel, nachdem er mit Mühe einen Platz für seine Tasse gefunden hatte. Der Schreibtisch, der fast den ganzen Raum einnahm, war ungefähr einen halben Meter hoch bedeckt mit Papieren, Büchern, Zeitungen, Illustrierten, Manuskripten, Archivbänden, Tassen, Gläsern, Flaschen. Zwei Telefone waren an einem ausziehbaren Drehgestell befestigt. An der Wand ein Aktenschrank, von oben bis unten beklebt mit Kalenderblättern, Fotos, Plakaten.
»Haut euch irgendwo hin, Kinder! Hier geht's nicht so förmlich zu.« Das Telefon klingelte.
»Augenblickchen, ja?«
Die drei suchten sich Platz, während der Redakteur telefonierte. Kuno setzte sich auf einen Stapel Zeitungen, Bernd und Carola auf die Kanten eines Aktenschränkchens.
Kuno fand das alles wahnsinnig interessant. Schließlich war er fast ein Kollege des Mannes, der jetzt den Hörer auflegte.
»Ich glaube, ich habe mich noch nicht vorgestellt,

Leute: Gaul heiße ich, Gaul wie Pferd.« Dabei lachte er albern und bleckte die Zähne wie der Mann auf dem Plakat im Flur. »Friedrich Gaul, um genau zu sein. Jetzt wißt ihr, mit wem ihr es zu tun habt. Und wer seid ihr?«

Sie stellten sich vor. Gaul stutzte bei Bernd: »Kenne ich dich nicht?«

»Mich?« Bernd blickte sich etwas verlegen um, als sei noch einer hinter ihm.

»Na klar, Mann!« rief der Redakteur. »Vom Tischtennis! Du warst doch der Crack beim letzten Spiel. Ich hab' mich noch gewundert, daß die bei den entscheidenden Kämpfen so junge Spieler einsetzen.«

»Ich war nur Ersatz«, sagte Bernd in einem Anflug von Bescheidenheit, »da war einer ausgefallen.«

»Na, jedenfalls hast du großartig gekämpft, mein Junge. Alle Achtung! Wir haben noch überlegt, ob wir nicht ein Porträt von dir in unserer Serie ›Sportler der Region‹ machen sollen. Die kennst du doch sicher. Irgendwie ist es dann wieder unter den Tisch gefallen, weil was anderes dazwischen kam. So ist das immer hier in diesem Laden. Machen wir es in der nächsten Saison, da bist du doch sicher wieder dabei?«

Bernd zuckte die Schultern. »Vielleicht . . .«

Eine Frau steckte den Kopf durch die Tür und fragte: »Was ist mit dem Artikel für morgen, Meister?«

»Was, ist es schon wieder so spät?« rief Gaul. »Gedulde dich noch ein wenig, mein Schatz! Ich muß erst noch was mit unseren jungen Freunden hier besprechen.« »Ist gut.« Die Frau verschwand.

»Was wollte ich sagen?« Gaul sah seine Besucher fragend an. »Nee, gar nichts, ihr wolltet was sagen, wenn ich mich recht erinnere. Stimmt's oder hab' ich recht?«

Jetzt war aber Kuno endlich dran mit seinen Informationen. Gaul zündete sich eine Zigarette an, lehnte sich zurück und hörte aufmerksam zu.
Kuno berichtete, daß sie beobachtet hätten, wie ein Lastwagen mit Fässern in die Kiesgrube gekommen war und wie die Fässer dort abgeladen und versteckt worden seien. Und alles am späten Abend und in der Nacht, damit niemand sie sehen konnte. Das Wichtigste sei aber, daß sie, also Bernd und er, diese Fässer schon mal in dem Werk gesehen hätten ...
»Wieso Werk? In welchem Werk?« unterbrach Gaul Kunos Redefluß.
»Ach, wir waren mal auf dem Gelände der Chemko, da haben wir die Dinger gesehen.«
»Woher wollt ihr wissen, daß es dieselben waren? Die sehen doch alle gleich aus.«
»Nicht alle haben in der Mitte gelbe Streifen.« Kuno seufzte; wie sollte man das bloß erklären, damit es ankam? Wie sie seinerzeit in das Werk gekommen waren, war ja jetzt unwichtig. »Wir glauben«, fuhr er fort, »und es waren auch noch andere dabei, nicht nur wir hier, daß dort in der Kiesgrube Dinge passieren, die vom Gesetz her nicht erlaubt sind. Sie haben ja in Ihrer Zeitung schon darüber geschrieben, ich meine über das Thema Umweltschutz und so.«
»Nun mal der Reihe nach«, bremste Gaul und drückte seine Zigarette aus. »Ihr müßt verstehen, wir sind hier eine Zeitung, ich bin Journalist und kein Untersuchungsrichter. Ich finde sehr interessant, was du andeutest, mein Sohn. Wie war doch dein Name? Kuno? Ach ja, Kuno Neuer, ich darf doch ›du‹ sagen? Dann ist ja alles klar. Also, sehr interessant, vor allem, wenn es nicht nur eine Vermutung ist, sondern tatsäch-

lich wahr, und so scheint es ja zu sein. Ich will euch auch offen sagen, daß wir für Geschichten immer sehr dankbar sind, besonders jetzt in der Sauregurkenzeit, in der nicht so viel los ist wie in anderen Jahreszeiten. Zigarette?«
»Nein, vielen Dank.«
»Ist auch besser so. Fangt das nicht erst an. Und als Sportler sowieso nicht. Was wollte ich sagen? Ach, ja, der Reihe nach also, meine Herrschaften. Ist das Gelände, von dem ihr sprecht, nicht abgesichert?«
»Doch«, sagte Kuno, »sie haben einen Zaun gezogen.«
»Wer ›sie‹? Welche vom Werk?«
»Wir wissen es nicht.«
»Jedenfalls habt ihr gesehen, wie die Fässer abgeladen wurden. War das ein Werkswagen?«
»Weiß ich auch nicht. Aber sie fuhren die Raupe und sie hatten den Schlüssel vom Tor.«
»Du willst damit sagen, die kamen da nicht bloß zufällig vorbei. Das Ganze war geplant.«
»Ja, das glauben wir.«
»Ja, die kannten sich aus.« Auch Carola wollte einmal zu Wort kommen. »Wir haben gemerkt, daß die schon öfter da waren.«
»Ihr liegt also da immer auf der Lauer«, stellte Gaul fest. »Sehr interessant. Kann nicht schaden, wenn ihr weiterhin die Augen aufmacht.«
Wie? War das alles, was er ihnen zu sagen hatte? Enttäuschung spiegelte sich in Kunos Miene. Hatte er gedacht, der Mann würde wie elektrisiert aufspringen, zum Hörer greifen, den Chefredakteur anrufen? Herr Sowieso, ich hab' hier ein tolles Ding!
»Was wollen Sie unternehmen?« fragte Kuno, sich überwindend.

»Was soll ich denn unternehmen, deiner Meinung nach, Kuno?«

»Einen Artikel in Ihre Zeitung setzen natürlich«, meldete sich Carola wieder, »damit die Menschen aufmerksam werden!«

»Sieh an, die junge Dame! Das stellst du dir doch etwas einfach vor. Mit den paar Informationen kann ich noch nicht viel anfangen.«

»Aber wir haben die Männer doch gesehen!« rief Kuno. »Wir sind Augenzeugen!«

»Das glaub' ich euch ja. Und ich glaube auch, offen gestanden, daß da was nicht stimmt. Wir haben mit der Chemko auch öfter zu tun. Gerade in letzter Zeit kamen Leserbriefe, die sich über Lärm- und Geruchsbelästigung beschweren. Und über den Werkszug, der da fährt . . .«

»Der Zug!« unterbrach ihn Kuno. »Der hätte uns auch schon beinahe mal erwischt.«

»Seht ihr. Die Chemko macht sich hier immer mehr breit. Aber für den Artikel brauch' ich Beweise. Und was ihr beobachtet habt, ist noch kein Beweis dafür, daß gegen Gesetze verstoßen wird. Ihr habt was gesehen, was euch merkwürdig vorkam. Gut oder nicht gut, wie man's nimmt. Aber möglich und denkbar wäre, daß es hier eben doch mit rechten Dingen zugeht. Ich kann mich böse in die Nesseln setzen, wenn ich was schreibe, ohne die Sachlage genau zu prüfen. Ich will euch aber versprechen, das zu tun . . .«

Das Telefon klingelte. Gaul hob ungeduldig ab: »Ja, Schätzchen, gleich! Zwei Minuten noch!« brüllte er hinein. »Was wollte ich sagen?«

»Sie wollten der Sache nachgehen«, half ihm Kuno auf die Sprünge, nun wieder hoffnungsvoll.

»Ja, genau. Wir sind hier kein Spekulierblättchen wie manche anderen. Es ist eine heikle Sache, sich mit dem Werk anzulegen, ohne festen Boden unter den Füßen zu haben. Da zieht man meistens den kürzeren, weil sie gute Juristen haben, weil sie einfach stärker sind als wir kleinen Fische. Ich werde mich als erstes über meine Kanäle mal erkundigen, ob diese Kiesgrube, von der ihr sprecht, für die Lagerung irgendwelcher Stoffe freigegeben ist. Dafür braucht man eine amtliche Genehmigung, und ob die Chemko eine hat, das krieg' ich raus. Auf jeden Fall danke ich euch sehr. So clevere Leute wie euch müßt' es mehr geben, ehrlich!«
Es war ein Kompliment und eine Verabschiedung. Kuno war noch nicht zufrieden. Bernd, der bisher fast nichts gesagt hatte, fing auf einmal an, als der Redakteur schon aufstand: »Eine Frage hätte ich noch, Herr Gaul?«
»Ja, was noch?«
»Kriegt man Geld für Informationen?«
»Ach so ist das. Du hast gedacht, ich zücke jetzt meine Brieftasche und blättere euch was hin?«
»Nein, nicht direkt«, sagte Bernd kleinlaut.
Kuno befürchtete, nun wäre alles verdorben. Daß es so aussah, als seien sie lediglich eines schäbigen Profits wegen hier erschienen.
Doch Gaul lachte: »Aber indirekt hast du das gedacht, gib's nur zu! Es gibt ein Informationshonorar, da kann ich euch beruhigen. Das liegt allerdings nicht in meiner Zuständigkeit, sondern beim Verlag. Und die tun immer so, als nagten sie am Hungertuch. Ich werd' schon dafür sorgen, daß ihr das kriegt, was euch zusteht. Natürlich muß sich erst herausstellen, daß eure Informationen brauchbar sind.«

Zum Abschied sagte der Redakteur: »Laßt euch ruhig mal wieder blicken! War nett, euch kennengelernt zu haben!« Und sauste davon.

Die drei standen vor dem Haus, wußten im Moment nicht, wieviel sie nun mit ihrer Expedition erreicht hatten.
»Wir sollen uns mal wieder sehen lassen, hat er gesagt«, bemerkte Kuno.
»Das tun wir auch! Und zwar bald!« bestätigte Carola.
»Und weiter die Augen offenhalten, hat er auch gesagt.« Kuno dachte laut: »Man müßte tatsächlich Beweise haben, sonst versickert nach einiger Zeit alles wieder im Sand.«
»Wie wär's mit Fotos?« Das war Bernds Vorschlag. Er erinnerte sich, daß sie zu Hause einen teuren Fotoapparat hatten, der das ganze Jahr über so gut wie nie gebraucht wurde. Bestimmt würde niemand merken, wenn er sich den ausleihen würde.
»Kannst du fotografieren?« fragte Carola.
»Na klar!« Das war übertrieben. Bernd hatte bisher ein halbes dutzendmal auf den Auslöser gedrückt, in den Ferien, wenn sich seine Familie in Pose gestellt hatte.
»Für Fotos zahlen sie bestimmt noch viel mehr«, spekulierte Kuno.
Na bitte, wieder ein Gesichtspunkt. In ihrer Phantasie wurden sie noch steinreich. Gut, daß Elke, Andrea und Siegfried nicht dabei waren mit ihren ewigen Einwänden und Bedenken.
Sie gingen schwatzend, sich gegenseitig Mut machend und die kommenden Ereignisse in den buntesten Farben ausmalend zur Bushaltestelle. Wie sie auf der Lauer liegen würden mit ihrer Kamera!

»Er hat gesagt, wir sollen aufpassen! Er hat nicht gesagt, laßt die Finger davon!«
»Sie haben Sauregurkenzeit, sie brauchen gute Geschichten!«
»Genau!«
»Was ist, wenn es zu dunkel ist zum Knipsen?« gab Kuno zu bedenken. »Diese Typen erscheinen doch nur in der Dämmerung.«
»Es gibt hochempfindliche Filme«, erklärte Bernd fachkundig. »Man braucht nicht unbedingt ein Blitzlicht.« Er wollte ins Fotogeschäft gehen und sich genau erkundigen.

Über den Bergen hingen schwere Wolken, als der Bus auf dem Dorfplatz ankam. Es herrschte, wie meist am späten Nachmittag, allerhand Betrieb. Gruppen und Grüppchen mit Mofas und Fahrrädern standen auf dem Platz. Viele warteten darauf, daß die Spielhalle, in der sich die Dorfjugend jeden Abend vergnügte, um sechs öffnete. Samstags und Sonntags wurden die Flipper und Schießautomaten in den überdachten Hof geräumt, weil in den vorderen Räumen Disco-Time war. Bernd, Kuno und Carola trieben sich eine Weile auf dem Platz herum, genossen das Bewußtsein, eine Art Geheimnis zu haben. Sie sprachen mit Bekannten, Bernd schaute sich die Räder an. Gelegentlich verkaufte einer seins, wenn er sich ein Mofa oder ein Moped zulegen wollte. Vielleicht konnte er demnächst ein gebrauchtes kaufen, dachte Bernd und fragte diesen und jenen, ob er etwas gehört habe. Er selbst wurde nach der neuen Tischtennissaison gefragt, die in drei Wochen beginnen sollte. Das schien ihm im Augenblick noch sehr weit entfernt. Seit diesem miß-

glückten Sommerfest hatte er sich nicht um seinen Sport gekümmert, wenn er auch sehr gern in der Reihe »Sportler der Region« vertreten gewesen wäre. Zur Zeit aber gab es eben wichtigere Dinge zu tun!

Auf der Lauer

Elke sagte zu Andrea, die bei ihr Tee trank: »Diese Schlauberger und Geheimniskrämer!« Sie meinte Bernd und Kuno. »Dauernd trifft man sie mit wichtigtuerischen Gesichtern auf dem Kabelweg. Und diese Carola immer in ihrem Schlepptau. Bernd mit der Sporttasche. Da hat er die Kamera seiner Eltern drin versteckt. Was die vorhaben, weiß ich. Die fühlen sich jetzt ganz besonders schlau, wenn sie in der Gegend rumknipsen! Aber ich hab' sie gewarnt! Das bringt doch nichts!«

Diejenigen, von denen sie sprach, waren da ganz anderer Meinung! Auch Siegfried machte Versuche, sich ihnen erneut anzuschließen, allerdings sehr vorsichtige. Der arme Teddy schwankte zwischen Furcht und Neugier (was Carola nicht ohne Schadenfreude bemerkte), wurde zwischen der Lust mitzumachen und der undefinierbaren Angst vor Unheil hin- und hergerissen. Hinzu kam, daß Andrea und Elke ... also, die waren einfach zu alt für ihn, die wollten ihn nicht haben.

Carola ging es sehr gut in diesen Tagen, in denen sie mit den beiden größeren Jungs herumzog, als sei das nie anders gewesen. Kuno verfolgte aufmerksam den »Rechtsrheinischen Anzeiger«. Unter »FG« fand sich mancher Artikel aus dem Lokalbereich.

Leider lasen sie über die Kiesgrube tagelang nichts. Kein Wort davon, daß man diese zu einer Mülldeponie erklärt hätte oder etwas Ähnliches. Einmal wurde in einem Leserbrief mit der Überschrift »Ruhestörung?« Beschwerde über den Zug geführt. Die Anwohner würden neuerdings Nacht für Nacht aus dem Schlaf gerissen, hieß es in dem Brief, und ob es denn rechtens sei, wenn die berechtigten Interessen der Bürger den Bestrebungen der Industrie geopfert würden?
»Irgendwie hängt das alles zusammen«, sinnierte Kuno und erntete fragende Blicke.

Bernd mußte unbedingt Geld verdienen. Einer wollte zweihundert Mäuse für sein gebrauchtes Zehngangrad, das er ihm vor der Spielhalle anbot. Er wolle sich was Heißeres anschaffen und habe gehört, daß der Harich was suche.
»Zweihundert?« Bernd machte ein sehr bedenkliches Gesicht.
»Das ist doch wirklich kein Preis! Das Ding hat viermal soviel gekostet und ist noch keine zwei Jahre alt. Ein einmaliges Angebot!«
Das fand Bernd auch, aber woher soviel Geld nehmen? Die Eltern konnte er schlecht fragen, obwohl seine Mutter sogar unter Umständen »ja« gesagt hätte, da sein Fahrrad für alle Zeiten hin war ...
»Mensch, haste nicht wenigstens 'ne Anzahlung?«
»Wieviel?«
»Na, so fuffzich bis hundert Mark. Und den Rest später.«
Bernd bat um ein paar Tage Geduld. Er müsse erstmal sehen, ob er das Geld zusammenkratzen könne.
Schließlich wollten sie dem Redakteur an einem der

nächsten Tage die ersten Ergebnisse ihrer Fotosafari vorlegen. Vom letzten Geld hatte Bernd zwei hochempfindliche Filme gekauft, 28 DIN, und der Verkäufer hatte ihm versichert, damit könne er, wenn es nicht gerade stockdunkel sei, noch gute Bilder machen. Aber warum er denn kein Blitzlicht verwenden wolle? Da gäbe es doch sehr einfache und leicht zu bedienende Geräte. Wenn er hier mal was vorführen dürfe?
»Ja, später gern«, sagte Bernd, der langsam Spaß am Fotografieren bekam.
Die Frage war bloß: Was sollte er fotografieren? Wie die Aufmerksamkeit der Zeitungsleute wecken, damit die ein Honorar rausrückten? Dieser Drahtzaun allein tat's nicht, auch wenn Bernd ihn von allen Seiten und sogar von oben, vom Silo aus, aufnahm. Das gab nicht viel her, auch der See nicht mit seinen hellbraunen Schlieren im grünen Wasser, das gar nicht mehr zum Baden einlud. Die Raupe etwa? Den Steilhang mit seinen Ausbuchtungen? Mit den Kieshaufen davor? Das alles konnte man nicht allein vorzeigen und sagen: Seht, dahinter befinden sich Fässer mit dem chemischen Zeug, das eines Tages, wenn die Behälter durchgerostet sind, das Grundwasser vergiften und euch alle sterbenskrank machen wird! Nein, das reichte nicht, diese Motive gaben zuwenig her. Kuno und Carola sprangen herum und suchten immer neue Positionen für ihren Fotografen, der mit seiner Ausrüstung hinter ihnen her stolperte.
Einen Nachmittag lang versuchten sie mit Hacke und Schaufel, eine Stelle freizubekommen, mußten aber bald einsehen, daß dieses Unterfangen ganz unmöglich war: Was die Raupe in zehn Minuten bewegte, würden sie nicht einmal in drei Tagen wegschaufeln können!

Man müßte diese Männer aufs Bild bekommen! Unbedingt!
Die Jugendlichen warteten. Einen Abend, noch einen, dann besuchten sie den Redakteur, um zwei Filme abzugeben. Auf denen war nichts Bedeutendes drauf, aber Bernd hoffte dennoch, daß sie etwas einbringen würden.
Der Redakteur schien keineswegs begeistert. Sie waren geradewegs in sein Zimmer marschiert. Sie kannten ja den Weg.
»Was habt ihr da?« fragte Gaul.
»Filme«, sagte Bernd. »Die müssen aber noch entwikkelt werden. Wir haben gedacht, das ginge hier am einfachsten. Wir sind ein bißchen knapp bei Kasse, und beim Fotografen hätte es auch zu lange gedauert.«
»Auf was für Ideen ihr kommt, Herrschaften!« wunderte sich Gaul. »Jetzt pfuscht ihr auch noch unserem guten Murten ins Handwerk! Murten ist unser Fotograf, ich will ihn gleich mal anrufen und fragen, ob er sich eurer Filme annehmen kann.«
Gaul telefonierte. Dann sah er auf die Uhr: »Wißt ihr was, ich seh' mir eure Kiesgrube an.«
»Haben Sie sich erkundigt«, wollte Kuno wissen, »ob sich da was getan hat? Amtlicherseits, meine ich.«
»Nein, scheint nicht so nach meinen Informationen. Die sind aber nur inoffiziell und nicht bestätigt. Ich brauche noch eine kleine Weile, bis ich das genau recherchiert habe. Habt ihr jetzt Zeit?«
Hatten sie. Mehr als genug.
»Okay, dann wartet bitte ein Minütchen. Ich hab' noch eine Kleinigkeit zu tun, dann nehme ich euch mit.«
Sie warteten im Sekretariat, tranken Cola aus Dosen, die ihnen die Redaktionssekretärin spendierte. Sie

schrieb vom Diktiergerät, hatte Kopfhörer auf, murmelte den Text mit, fluchte leise vor sich hin, wenn sie sich verschrieben hatte. Manchmal raste jemand den Gang entlang, las im Laufen Fernschreiber-Fahnen durch. Aus dem Minütchen wurden zehn, eine halbe Stunde. Einer steckte den Kopf zur Tür herein und fragte die Sekretärin, die gerade die Kopfhörer abnahm: »Mausis Kinderstunde heute?«

»Zisch ab, mein Junge!« sagte sie, und dann, zu den Jugendlichen gewandt: »Die spielen hier öfters verrückt. Muß man nichts drum geben! Dabei sind wir hier nur eine kleine Klitsche. Ihr müßtet mal in der Zentrale sein – das reinste Tollhaus!«

Kuno blätterte in der Zeitung: Er fand zwei weitere Leserbriefe, die einmal den Zug und zum anderen das Werk direkt betrafen: die Geruchsbelästigung, wie der Schreiber das vornehm ausdrückte, nehme allmählich unerträgliche Formen an und dürfe nicht mehr hingenommen werden; sollte sich in absehbarer Zukunft nichts ändern, werde eine Bürgeraktion ins Leben gerufen. Kuno machte die beiden anderen eben auf diesen Brief aufmerksam, als Gaul endlich erschien.

»Dann wollen wir. Ein halbes Stündchen meiner kostbaren Zeit kann ich opfern. Zeigt mir das Corpus delicti, meine Freunde!«

Sie fuhren in Gauls Wagen zur Kiesgrube.

»Ordentlich verbarrikadiert haben sie die Sache«, stellte Gaul fest, als er am Zaun entlangschritt. Sein langer, dünner Schatten krümmte sich auf dem Feldrain.

»Wo sind denn nun eure merkwürdigen Fässer?« Er machte einen langen Hals, sein Jackett flatterte im Wind.

Sie zeigten ihm zuerst ihre Methode des Einsteigens.
»Donnerwetter!« rief Gaul.
Bernd turnte hoch, war im Nu auf der anderen Seite des Zauns. Kuno und Carola blickten den Redakteur erwartungsvoll an.
»Was denn? Meint ihr etwa, ich soll auch?«
Natürlich, genau das meinten sie!
»Dann bleibt mir wohl nichts anderes übrig«, sagte Gaul, doch es machte ihm Spaß; er wollte den Knilchen zeigen, was noch in ihm steckte und kraxelte mit den beiden über die Förderbrücke. Na also, doch noch nicht zu klapprig für diese Späße, schien er zu denken.
»Eins werden wir auf jeden Fall tun«, versprach der Zeitungsmann, als sie am Wasser waren, »wir bringen eine Reportage von der Kiesgrube, eine hübsche Sommergeschichte. Vielleicht in der Wochenendbeilage unter der Rubrik: Leser berichten von ihren Ferienerlebnissen. Ich will damit sagen: wenn sich herausstellen sollte, daß nichts weiter dran ist an der Sache mit diesen Fässern, was ich aber nicht glaube. Und wenn was dran ist, werden wir kein Gras darüber wachsen lassen. Ach so, wo sind sie denn? Einfache Fässer, sagt ihr?«
Sie hatten ihm schon mehrfach erklärt, daß es eben keine einfachen Fässer waren, ihrer Meinung nach. Und die Spuren waren heute so deutlich wie nie. Tief hatten sich die Raupenketten in den Sand gedrückt, jeder sah: hier war vor nicht allzulanger Zeit gearbeitet worden. Sand rieselte, Steine fielen aus der Wand und kollerten die aufgeschütteten Hänge hinunter.
»Wieviel, meint ihr, haben sie hierher gebracht?« fragte Gaul.
»Vielleicht zwanzig oder dreißig Fässer bei dem einen Mal, als wir sie gesehen haben«, antwortete Kuno.

»Aber die waren ja noch viel öfter hier. Jedesmal hat sich was verändert.«
»Man täuscht sich leicht in so einem Gelände«, gab Gaul zu bedenken, »wenn man hier nach Veränderungen sucht, findet man auch welche.«
»Deswegen fotografieren wir ja!« erklärte ihm Bernd.
»Genau!« bestätigte Carola. Nun hatte der Redakteur selbst die Berechtigung ihrer Arbeit unterstrichen.
»Mir kommt die Sache komisch vor.« Gaul war ratlos.
Kuno genoß es ein wenig, daß sich die Rollen gewissermaßen vertauscht hatten: Diesmal waren sie es, die Jugendlichen, die den Erwachsenen von etwas überzeugten (und es wohl auch schon hatten, wie Kuno vermutete), nicht umgekehrt, wie das sonst immer lief.
Gaul mußte wieder weg. Dringende Termine, wie er sagte. Aber er ließ sich noch überreden, mit in die Bude zu kommen. Ein Rest Cola war noch da. Gaul rauchte eine Zigarette.
»Um eines möchte ich euch aber doch bitten, Kinder. Seid nicht zu unvorsichtig. Spielt hier nicht Polizei. Wer weiß, was das für Ganoven sind!«
»Wir passen schon auf!« murmelte Bernd etwas unwillig.
»Bitte, ich bin nicht für euch verantwortlich. Ihr könnt machen, was ihr wollt. Ich will euch nur warnen.« Damit war der Redakteur einem Hauch von schlechten Gewissen, der sich bei ihm einstellen wollte, zuvorgekommen.
»Hören wir wieder von Ihnen?« fragte Kuno, als sie Gaul zum Wagen begleiteten.
»Geduld, Freunde«, sagte der Redakteur. »Wir wollen nichts übers Knie brechen. Wenn es sich hier wirklich um Giftstoffe handelt, dann werden sie bestimmt noch

eine Weile liegen. Wir können die Sache in aller Ruhe untersuchen.«

»Aber die Ferien sind doch bald vorbei!« wandte Bernd ein. »Nur diese Woche noch.«

»Na und, ich versteh' nicht ganz, was das damit zu tun hat?«

Was hatte es damit zu tun? Bernd wußte es nicht zu sagen. Oder konnte er seine vagen Wünsche und Befürchtungen nicht in Worte fassen, etwa, daß er zum ersten Schultag gern mit einem »neuen« Rad vorfahren würde? Daß sie, wenn die Schule erst mal begonnen hatte, natürlich hier nicht mehr Abend für Abend auf der Lauer liegen konnten und hoffen, das Wild liefe ihnen vor die Kamera? Angst, daß ihm das Geld durch die Lappen ging, von dem er träumte?

Ein warmer Wind war aufgekommen, als sie den Zaun überwunden hatten. Weißlicher Schaum auf dem dunkelgrünen Wasser. Der Lehm bildete Inseln, die Pontons wippten, als stoße eine unsichtbare Kraft sie an.

»Wird bald ein Gewitter geben«, meinte Gaul, als sie an seinem Wagen standen. »Es riecht nach Elektrizität. – Soll ich euch wieder mitnehmen?«

»Nein, wir wollen noch bleiben«, erklärte Kuno. Bernd und Carola nickten.

»Okay, macht's gut. Besucht mich mal wieder!« Gaul wollte die Jugendlichen noch einmal vor zu riskanten Unternehmungen warnen, vergaß es aber wieder, als Kuno fragte: »Zeigen Sie mir dann, wie eine Zeitung gemacht wird?«

»Sicher tu ich das«, versprach Gaul. »Demnächst machen wir einen Termin dafür aus, klar?«

Die drei winkten dem Wagen nach, der zwischen den Feldern verschwand.

Ruhe vor dem Sturm

»Das letzte Mal?« fragte der Mann, als er das Tor abschloß.

»Nee. Zwei- oder dreimal noch. Aber dann ist Schluß!«

»Gott sei Dank. Mir schmeckt das hier nicht mehr.«

»Mir auch nicht. Wir führen das zu Ende, dann können wir meinetwegen unsere Firma wieder auflösen.«

»Was sagt der Typ vom Werk?«

»Alles in Ordnung. Er ist zufrieden.«

»Hast du ihn gesehen?«

»Nein, mit ihm telefoniert. Ich hab' seine Nummer.«

»Was is'n das für einer?«

»Keine Ahnung. Scheint aber was zu sagen zu haben.«

»Nicht daß es uns so geht, wie den Kollegen bei Düsseldorf, die sie vorigen Monat gegriffen haben. Die kriegen einen Prozeß auf den Hals, weil sie Arsenschlamm auf die Müllkippe gebracht haben. Auch im Auftrag von irgendwelchen Bossen.«

»Wo hast du das her?«

»Stand gestern in unserem Blättchen.«

»Ist aber was anderes. Dieses Gelände ist ja, soviel ich weiß, vom Werk gekauft oder gepachtet worden.«

»Jedenfalls wollen wir endlich mit der Arbeit fertig werden.«

»Hoffentlich regnet es nicht. Sieht ganz danach aus. Dann sind wir aufgeschmissen!«

»Warum?«

»Weil wir mit unserer Karre im Dreck versinken. Ich hab' vor Jahren in der Kiesgrube gearbeitet. Bei Regen kannst du da nichts machen.«

»Hoffen wir, daß es nicht soweit kommt.«

Carola und Siegfried verteilten Reklamezettel in die Briefkästen. Der Job brachte ihnen ein paar Mark ein. Manchmal, wenn sie keine Lust hatten, warfen sie einen Packen ins Gebüsch. Heute allerdings arbeiteten sie rasch und konzentriert, weil sie sich dann zu den anderen am Treffpunkt Kabelweg/Pappelstraße gesellen wollten.
»Morgen wollen wir Abschied feiern«, sagte Carola, »am See.«
»Abschied, wovon?« fragte Siegfried.
»Von den Ferien natürlich. Und vom See und überhaupt. Etwas mehr Phantasie, Teddy!«
»Kann ich da mit?«
»Wenn du dich anständig benimmst, von mir aus!«

Andrea war für drei oder vier Tage verreist gewesen. Nun, zum Ende der Ferien, hatte sie sich wieder am Treffpunkt eingefunden. Wie sie aussah? Schick wie stets, diesmal mit lang wehendem, blaugrünem Seidentuch um den Hals. Und einer Frisur! Donnerwetter, waren ihre Haare schon immer blond? Die anderen glotzten sie an, Kuno freute sich, daß sie da war und fing gleich an, ihr den neuesten Stand der Dinge zu referieren, von ihren Kontakten mit der Zeitung, den vielen Fotos, die Bernd gemacht hatte (ohne zu sagen, daß bisher noch nicht viel herausgekommen war) – kurzum, die Sache sei nun schwer ins Rollen gekommen.
»Ins Rollen?«
»Na ja, es wird jetzt öffentlich, wenn du verstehst, was ich meine. Die Verantwortlichen für diese Schweinerei werden zur Rechenschaft gezogen. Und wir kriegen eine Belohnung«, fügte Kuno hinzu. Andrea fand ihn

ziemlich wichtigtuerisch, immerhin versprach sie, dieses Abschiedsfest, von dem er faselte, mitzufeiern. Ja, ja, morgen gehe ich mit, euch zuliebe.

Ein paar Stunden später stand Bernd in der Kneipe. Der Junge, der das Rad verkaufen wollte, trat auf ihn zu. Er rieb Daumen und Zeigefinger aneinander und fragte: »Was ist? Hast du das Geld?«
»Noch nicht. Morgen«, sagte Bernd und versuchte, seiner Stimme einen überzeugenden Klang zu geben. Er wußte allerdings nicht, wie er das bis morgen hinkriegen sollte. Vielleicht konnte man doch Kuno oder Elke anpumpen.
»Mann, es wird dir doch nicht schwerfallen, die paar Piepen zusammenzukratzen. Wo du jetzt Fotograf spielst!«
»Woher weißt du das?« Bernd war entsetzt.
»Es hat sich rumgesprochen. In dem Kaff bleibt nichts geheim, das solltest du inzwischen gemerkt haben. Glaubst du, wir wüßten nicht, daß ihr dauernd in der Kiesgrube rumhängt.«
»Na und, hast du was dagegen?« erkundigte sich Bernd.
»Nee, nicht im mindesten. Wir lassen euch schon in Ruhe bei euren Kinderspielen. Morgen, oder sagen wir bis spätestens übermorgen, klar?«
»Klar«, stimmte Bernd zu und riß an den Knöpfen des Flippers, daß die Kugeln nur so davonspritzten. Verdammt! dachte er, und die Ferien sind auch schon wieder vorbei! Was für ein geringer Trost, daß die Anzeige des Geräts dann über 6000 Punkte anzeigte: ein Freispiel, wenigstens das! Es würde ihm schließlich nichts anderes übrigbleiben, als doch noch seine Mutter anzupumpen.

Draußen war die Luft zum Schneiden dick. Kein Wind, der den Chemiegestank heute vertrieb. Hoffentlich regnet es morgen nicht, dachte Bernd, als er nach Hause ging.

Sommergewitter

Nachmittags. Für eine Stunde war es plötzlich so klar, daß man die Türme des fernen Doms erkennen konnte. Ein gelbes, hartes Licht hob die schwarzen Linien der Berge hervor, die Peripherien der zehn Kilometer entfernten Städte mit ihren Baukasten-Wohnblocks und Bürohochhäusern, die Raffinerien, Brückenkonstruktionen, Verstrebungen, Türme, Kirchendächer, die Schornsteine mit den ewigen Fackeln daran – alles nah und greifbar in diesem unwirklichen Licht.
Und die Bauern fuhren mit ihren Erntegespannen schnell über die Felder und bargen das Getreide, bliesen das ausgedroschene Korn durch ein Rohr auf die Anhänger, daß es umherstäubte wie in einem Sandsturm.
Die Drähte zwischen den Hochspannungsmasten hingen schlaff. Windstille.
»Macht, daß ihr fortkommt!« rief Carola den kleinen Jungen zu, die wie Hyänen hinter ihnen herschlichen, seit sie das Viertel verlassen hatten. Die hatten was läuten hören, die wollten bei dem Picknick gern dabeisein.
»Verschwindet, ihr Furzknoten!« Carola und Siegfried schüttelten die Fäuste, als wollten sie zeigen, wer hier was zu sagen hatte, wer hier zu wem gehörte. Inzwi-

schen war ja wohl deutlich, daß der Platz der Zwillinge bei den Größeren war. Sie wanderten mit einem Picknick, das Elke zurecht gemacht hatte, zur Kiesgrube, obwohl man sehen konnte, daß es einen Wetterumschwung geben würde. Dieses gelbe Licht! Was soll's, dachten sie, im schlimmsten Fall können wir ja in der Bude feiern.

Heute gab es auch keine Diskussionen mehr wegen dieser Abschiedsparty. Alle wollten mit. Andrea hatte sich in ihren langen Regenmantel geworfen, auf dem Kopf ein hellblaues, durchbrochenes Tuch. Hübsch sieht sie aus, dachte Kuno. Bernd hatte die Kamera nicht vergessen, hatte auch schon ein Gruppenbild gemacht am Kreuzweg zwischen den Rübenfeldern.

Eine Schar schwarzweißer Vögel jagte hoch, kreischte wild, kreiste dicht über den ungebetenen Gästen, und dabei stießen einzelne Tiere angriffslustig nach unten bis einen halben Meter über die Köpfe; dann stoppten sie ruckartig, zogen nach oben, formierten sich erneut zum Angriff. Es war unheimlich, wie bei Hitchcock, wie Carola bemerkte. »Mir graust's. Wußte gar nicht, daß Elstern so böse sein können.«

»Das sind keine Elstern«, wußte Kuno, »es sind Kiebitze. Wahrscheinlich nisten sie hier irgendwo, und wir haben sie jetzt gestört!«

Bernds Apparat war in Aktion, als der Trupp über die Silos kletterte. Wenn das keine Erinnerungsfotos waren! Blende 16 zeigte der Belichtungsmesser bei einer 125stel Sekunde: Es war also noch sehr hell. Die Kiesgrube lag still und verlassen, als sei hier ewig keiner mehr gewesen. Sie packten ihr Picknick aus, fingen an zu futtern: Brötchen, Wurst. Elke verteilte, was sie eingekauft hatte.

»Hier, bitte, wer möchte noch ein Stück?« fragte sie höflich.
Eine etwas wehmütige Stimmung – kein lautes Lachen und Schwatzen, wie noch vor wenigen Wochen, brach sich an den Wänden.
»Bernd, gibst du mal dein Taschenmesser, ja?«
»Sofort.«
Bernd wollte den Film heute noch verknipsen, den sollte eine Arbeitsgemeinschaft in der Schule nächste Woche entwickeln und Abzüge davon herstellen.
Ans Feuermachen dachte heute niemand, und keiner fragte danach. Sie kauten auf ihren Brötchen herum. Kuno begann zu erklären, was ein Urstromtal ist: Vor einer halben Million Jahren oder so sei hier ein Flußbett gewesen, auf dessen Grund man sozusagen säße; damals war hier dreißig Meter Wasser, man sehe das an den Ablagerungen, alles ursprünglich riesige Steine, im Laufe der Jahrtausende zu Kies und Sand zermahlen und in Schichten übereinander getürmt.
»Allerhand!« Carola nickte anerkennend.
Das Licht veränderte sich unmerklich. Vom hellen Gelb zu Brauntönen. Mit allen Farbschattierungen dazwischen. Ein sanftes Gleiten, die Zweige des Ginsters raschelten und kratzen aneinander.
»Eine halbe Million Jahre«, flüsterte Siegfried andächtig. Wer konnte schon mit so einer Zahl was anfangen?
»Oder länger«, sagte Kuno, »ich weiß das nicht mehr so genau.«
»Warst auch nicht dabei!« kommentierte Siegfried.
Aber Kuno ließ sich nicht ärgern, versorgte sich mit Nachschub und fuhr fort: »Wenn man bedenkt, daß die Fässer, die sie da hingestellt haben, in wenigen Jahren durchgerostet sind! Und noch viel gefährlicher ist

es mit dem Atomabfall, mit den Rückständen aus den Atomkraftwerken . . .«

»Davon haben wir mal in der Schule gesprochen«, rief Siegfried dazwischen. »Das Zeug wird in Glas geschmolzen und dann in irgendwelche Bergwerke gebracht . . .«

»Ja, oder ins Meer geschmissen«, ergänzte Kuno. »Aber die Glashülle hält auch nicht ewig, wie sie jetzt festgestellt haben. Höchstens zweitausend Jahre . . .«

»Ach, du meine Güte!« rief Carola. »Bis dahin ist es noch lang.«

»Aber nicht lang genug, für den Fall jedenfalls, daß es dann noch Menschen gibt. Das Radium strahlt weiter, wenn die Glashülle verrottet ist, und verseucht die ganze Erde.«

»Ihr redet so daher, als wären wir alle am Ende«, motzte Bernd, der mit seiner Kamera hantierte.

»Kuno liest zuviel Zeitung. Der sucht sich immer nur die schlechten Nachrichten heraus. Zum Schluß wird er noch ganz verbohrt vor lauter Pessimusmus«, unkte Andrea.

»Ich finde, du tust ihm unrecht«, griff Elke ein. »Man braucht doch bloß daran zu denken, was wir hier gesehen haben.«

Wie auf Kommando blickten alle zur Stelle hin, wo die Fässer gelagert waren. Als erwarteten sie etwas, das aber nicht eintrat.

Auf dem See trieben Holzstücke dahin. Es wurde immer dunkler, die Schatten der Pontons schwärzer. Ein Windstoß blähte die Grasbüschel am oberen Rand des Hanges auf.

»War wohl doch keine so gute Idee, heute herzukommen«, meinte Siegfried.

Ihm war etwas beklommen zumute. Es war so drückend!
»Alter Miesmacher!« schimpfte Carola, hielt ihren Becher hin, damit ihr Elke noch Cola einschenkte.
Während das Gespräch weiterging versuchte Bernd, ein Porträt von Elke zu machen. Es gefiel ihm, wie sie dasaß und aufmerksam zuhörte. Sie hatte wenig gesagt heute. Sie scheint ihren nachdenklichen Tag zu haben, dachte Bernd, drehte an der Schärfeneinstellung, bog sich förmlich um sein Motiv herum, um ihr Halbprofil in einem bestimmten Winkel zu erwischen.
»Ach, laß den Unsinn!« Elke mochte das nicht. Bernd kam mit dem 125stel nicht mehr aus. Er benötigte inzwischen Blende 8 und ein 60stel.
Sie kauten die letzen Bissen, tranken, warfen dabei skeptische Blicke zum Himmel: Über den Rand der Kiesgrube wälzte sich eine schwarze Wolkenwand heran ...
»Wir müssen unser Picknick jetzt beenden.«
Andrea band besorgt ihr Tuch fester.
Bernd ließ sich von Elkes Abweisung nicht hindern, gab nicht eher Ruhe, bis er sein Bild gemacht hatte.
»Wie ein richtiger Profi«, stellte Carola fest.
»Gleich kommt was runter!« Siegfried zeigte auf die schweren Wolken, die von einer ungeheuren Kraft langsam und stetig vorangeschoben wurden.
»Ein Sommergewitter, das sich hier in dem Kessel fängt«, meinte Kuno, »also gut, hauen wir halt ab!«
»Sammelt die Pappbecher ein und das Papier«, ordnete Elke an.
»Hat mir besonders gut geschmeckt heute«, lobte Carola und erhob sich. »Tut mir nur leid, daß wir gehen müssen.«
»Ja, los, los!« rief Andrea.

»Eine Sekunde noch!« bat Bernd. »Ein letztes Foto fürs Familienalbum!«
»Genau! So jung kommen wir nicht mehr zusammen«, sagte Carola und stellte sich schon in Positur.
»Wenn's unbedingt sein muß!« Elke war unwillig. Andrea nicht, für ein Foto hatte sie immer Zeit. Dann standen sie in Reih und Glied, Carola feixte, Siegfried blickte besorgt, Elke ernst, Andrea lächelte rätselhaft. Kuno stand noch zu weit daneben, Bernd winkte ihn in seinen Sucher. Noch ein Stück, Kuno, näher an die Damen, ja, so ist es gut, mein Lieber! Hier hatte Bernd das Kommando übernommen. Ja doch, nicht so ungeduldig! Nur noch dieses Foto, bevor wir uns auf die Socken machen!
Sieben oder acht Bilder hatte er noch auf dem Film. Im Fensterchen des Suchers sah er die Feuerstelle, seine Freunde waren jetzt auch alle drauf; noch zwei Schritte zurück, damit man etwas Hintergrund kriegte, den schwarzen Spiegel des Sees, eine Ecke von der Steilwand, wo alles grau in grau war, die Umrisse verschwommen, so früh kam die Dämmerung heute ...
Achtung, bitte recht freundlich!
Was war das?
Eine Bewegung! Bernd vergaß eine Sekunde lang, auf den Auslöser zu drücken. Blickte über die Kamera hinweg und wieder durch den Sucher, knipste, und gleich noch mal, denn der Lastwagen war die Einfahrt heruntergekommen, war lautlos, wahrscheinlich im Leerlauf bis vor das Tor gerollt, war jetzt verdeckt von der Gruppe, die darauf wartete, daß Bernd endlich fertig wurde mit seiner Knipserei. Damit man verschwinden konnte, um dem Unwetter zu entgehen. Sie hatten nicht bemerkt, was hinter ihrem Rücken vorging, bis

Bernd sie darauf aufmerksam machte, ihnen durch Gesten zu verstehen gab, daß sie sich schleunigst verstecken sollten. Ja, schleunigst, denn das Tor schwang bereits auf, das hörte man, und der Fahrer gab Gas, um den nötigen Schwung in dem weichen Untergrund zu haben.

Das hat uns gerade noch gefehlt! dachte Elke. Sie hingen im Ginster, fast die gleiche Situation wie vor ein paar Wochen. Andrea war nicht ganz so ängstlich, aber doch ziemlich sauer, weil sie diese Art von Abenteuer nicht ausstehen konnte. Kuno gab sich lässig, von Siegfried hörte man keinen Ton, Carola war gespannt, und Bernd bedauerte, daß bei diesem Licht einfach zuwenig auf den Film zu kriegen war. Dabei bot sich hier die Gelegenheit, auf die sie gewartet hatten!

Er müßte näher ran, dachte er. Wozu hatte er diesen empfindlichen Film gekauft? Er mußte diese Chance nutzen!

Ein erster Blitz flammte auf, schien die Erde mit Getöse zu spalten, weil der Donner fast gleichzeitig kam, herunterkrachte, daß man ihn körperlich spürte und sie unwillkürlich die Köpfe einzogen. Für eine Sekunde erkannte man wie durch ein Vergrößerungsglas jede einzelne Rippe der Ginsterzweige, dann erneut Dunkelheit.

Die Lichter des Lastwagens tasteten unsicher herum, es wurde offenbar rangiert, der Motor heulte auf, die Räder mahlten, alles wie gehabt, und doch war es ganz anders.

Die Männer trieben sich zur Eile an, aber die Raupe kam nur im Kriechgang voran, mit zittrigen Scheinwerfern über den Ufersand. Bernd machte ein Bild, er hatte wenig Hoffnung, daß es etwas würde.

Andrea jammerte, Elke tröstete sie und schlug vor, trotzdem zu gehen; die Leute da drüben seien doch so beschäftigt, die würden gar nichts merken. Sie hatte Angst. Bernd reagierte nicht, Kuno meinte, sie brauchten ja nicht alle zusammen zu gehen, und vielleicht würde es später wieder heller, dann könnte man noch gute Fotos schießen.

»Ihr mit euren Fotos!«

»Ich bleibe!« sagte Bernd kurz und bündig. Er hatte die größte Blende eingestellt und eine 30stel Sekunde. Das würde gehen, wenn die Kamera auf einem Stativ wäre. Doch aus der freien Hand? Verwackelte Fotos konnte die Zeitung nicht gebrauchen. Und das Rad? Bernd war wie besessen. Er achtete kaum darauf, was seine Freunde taten, die neben ihm im Gesträuch hockten. Elke flüsterte mit Andrea, Kuno ahnte diesmal, was Bernd vorhatte. Sie schätzten die Strecke ab: zweihundert Meter? Oder mehr? Sie vergaßen fast, daß sie jeden Meter Boden hier kannten. Doch unter anderen Bedingungen ...

Weiße, zackige Adern rissen in den Wolken auf, mächtige, in zahlreichen Verästelungen auslaufende Linien! Wenn man direkt hineinsah, schien sich die Linie bis in die Augen fortzusetzen und den Kopf mit unerträglicher Helligkeit auszufüllen.

Siegfried hielt sich die Ohren zu, als es krachend donnerte, als eine Explosion auf die andere folgte, als ein Wirbel von Paukenschlägen das Gewitter erst richtig einzuleiten schien.

Im Schein der Blitze sahen die Jugendlichen die Männer schuften: zerhackte Bilder, die aufleuchten für die Dauer eines Wimpernschlages, und dazu das Konzert der vielfach sich brechenden Donnerschläge.

Die Raupe transportierte die Fässer, die Männer hatten gelbe Gummianzüge an. Bernd wurde den Gedanken nicht mehr los: Ich muß unbedingt näher ran!
Seltsamerweise lag der Wasserspiegel ruhig und unbeweglich.
Nein, wenn ich noch lange warte, wird es nichts mit Bildern, mit dem Foto des Jahres, dachte Bernd. Fünf hatte er übrig. Er kämpfte gegen die Angst, dann sah er beim Aufzucken des nächsten Blitzes, der das Gelände wie mit Magnesiumfackeln taghell erleuchtete, wie sie drüben die letzten Fässer vom Lkw hoben, um sie ins Versteck an der Wand zu transportieren.
»Ich will weg!« weinte Andrea.
»Ich auch!« flüsterte Siegfried.
Die Erde erzitterte, Bernd schlich tief gebückt los, schob sich zwischen den rauhen Sträuchern vorwärts und glitt im Gras davon. Elke wollte noch etwas sagen, doch er beruhigte sie mit seiner typischen Handbewegung, die alles mögliche heißen konnte. Kuno hinterher, folgte ihm wie ein Schildknappe, die Szene wiederholte sich: Hier allerdings schien es Kuno selbstverständlich, daß er mitging, daß er den Kumpel nicht allein ließ, hier war es keine Kurzschlußhandlung wie damals, als sie auf den Zug sprangen.
Die Kamera hatte Bernd, so gut es ging, eingestellt, auf zehn Meter mußte er rankommen, und welche Auswirkung dieses natürliche Blitzlicht hatte, wußte er nicht. Egal, darum konnte er sich jetzt nicht kümmern. Hinter sich hörte er Kuno schnaufen.
Nur nicht nachdenken! Nicht zögern. Weiter. Dekkung suchen, aufpassen auf die verbogenen Schienen und verrotteten Metallteile, die hier überall herumlagen; achtgeben auf niedrige Mauern und vereinzelte

Baggerlöcher! Ihre Sinne waren gespannt bis zum äußersten, das Bild der Umgebung wurde bei jedem Blitz aufs neue in ihr Gedächtnis eingebrannt.
Fünf Minuten noch, Leute, oder drei! Gleich sind wir da, solang müßt ihr noch weitermachen mit eurer Arbeit! Die Männer bewegten sich rasch und sicher, die ersten Tropfen fielen, schlugen Kerben in die bisher so glatte Wasserfläche. Bernd dachte, wenn es jetzt auch noch regnet, ist es Essig mit meinem Plan, dann sieht man gar nichts mehr!
Sie waren an der Stelle, wo die Steilwand anfing, wo der Wagen besonders tiefe Spuren eingedrückt hatte, wo oben an hellen und friedlichen Tagen schwarze und weiße Vögel kreisten.
Wind kam auf, graue Regenschleier zogen quer über den See. Ein Blitz, schärfer und heftiger zuckend als jeder zuvor. Die Jungen warfen sich hin, preßten sich in den Sand. Bernd stützte die Ellenbogen in die weiche, feucht werdende Masse, hielt die Kamera ans Auge. Er sah die huschenden Gestalten in der Nähe, helle und rote Lichter, die Konturen der Raupe. Nein, das hat noch keinen Zweck, das werden keine Fotografien, die was zeigen, das werden Suchbilder fürs Rätselheft, und er mußte sparsam umgehen mit seinen letzten Fotos.
Noch näher ran, wenn er überhaupt eine Chance auf Erfolg haben wollte. Noch am Wiegehaus vorbei, das klobig rechts vor ihnen stand, ja, das ging, das gab Deckung. Kunos Gesicht wie ein runde, helle Scheibe, die Augen groß geweitet ...
Und jetzt Zurufe, die Männer trieben sich zur Eile an, sie hatten noch eine Fuhre, und die mußte heute noch her, bevor sich der Boden in einen Sumpf verwandelt

hatte und sie weder vor noch zurück konnten mit ihrem Fahrzeug.
»Mach voran! Schneller!« schrie einer. Die Fässer standen unbedeckt, frei in der Höhlung der Wand, warteten noch darauf, daß sie zugeschüttet wurden. Die Raupe ackerte, Kuno war aufgeregt wie nie im Leben zuvor, machte Zeichen: Das müssen wir jetzt unbedingt festhalten, Bernd!
Sie robbten noch ein Stück, noch ein paar Meter, waren dann dicht am Ufer, wo man sie, wie sie annahmen, noch am wenigsten entdecken würde. Die Flucht im Werk war gegen das hier der reinste Spaziergang gewesen!
Drei Leute hatte Bernd im Sucher und die Raupe, und hinten – nein, das war nicht ganz sicher, ob die Behälter auch zu erkennen waren. Er knipste beim nächsten Blitz; unmöglich, genau diesen Sekundenbruchteil zu treffen, wenn es aufhellte; so synchron konnte man gar nicht reagieren. Einen Computer brauchte man, ein Zusatzgerät, er mußte diesen Verkäufer danach fragen. Bernd schoß alles mögliche durch den Kopf in diesen Minuten, während er die Kamera am Auge hatte, fotografierte, bis ein Widerstand im Transportsystem das Ende des Films anzeigte. Er merkte nicht, daß er mit den Beinen halb im Wasser lag, daß es immer stärker regnete, dicke schwere Tropfen, er dachte nur: Hoffentlich ist wenigstens *ein* Bild was geworden!
Da rutschte er. Kuno stieß einen erstickten Schrei aus, gab einen Laut des Entsetzens von sich, weil die Platte, auf der sie lagen, abbrach, sich neigte, eine schiefe Ebene bildete, auf der sie den Halt verloren, unaufhaltsam nach unten glitten, wo der See auf sie wartete.

Und die Kamera! Bernd hielt sie hoch, um Gottes willen, sie durfte nicht naß werden!
Kuno krabbelte auf allen vieren, geschwind wie ein Käfer, und es gelang ihm, festen Boden zu erreichen. Es mußte sein, sie mußten das Risiko eingehen. Er half Bernd nach, aber da hatte man sie bereits entdeckt!
»He, hallo!« rief es durch den Lärm. »Was ist denn da los!«
Einer der Männer mußte ihren Schreckensruf vernommen haben, und hier lagen die Späher und Spione im Dreck vor der abgebrochenen Böschung. Verdammt noch mal!
Jetzt ist alles aus! Bernd preßte den kostbaren Apparat an sich, blickte sich wie gehetzt um. Sie rappelten sich hoch, Kuno klopfte sich den Schmutz von der Cordhose, ein sinnloses Unterfangen. Die Haare hingen den Jungen im Gesicht, naßverklebt und verkrustet. Mit dem Rücken zum Wasser war an Flucht nicht zu denken. Der schnelle Sprung ins Dunkel: hier unmöglich, außerdem waren sie bereits umzingelt von dreien, die ihnen den Weg abschnitten. Drei finstere Gestalten in Arbeitsmontur, zwei hatten Schaufeln in der Hand, die sie hoben, ehe sie sich davon überzeugt hatten, daß es sich nicht um erwachsene Gegner handelte, sondern um Kinder oder Jugendliche, die sich einen Spaß gemacht hatten beim Versteckspiel. Immerhin, die Männer waren genauso erschrocken wie ihre Beobachter, auch ihre Nerven waren an diesem Abend bis zum Zerreißen gespannt! Das Gewitter hatte sie geschafft, und jetzt der Regen, den sie nicht gebrauchen konnten. Sie verfluchten ihren Job!
»Komm mal rüber!« rief der, der sie zuerst entdeckt hatte. Die Raupe wurde abgestellt, einer sprang herun-

ter. Offenbar der Boß der kleinen Truppe. Sah sich an, was für ein Fang ihnen da ins Netz gegangen war. Eine brenzlige Lage, und sie wurde noch viel brenzliger!
Erst das Verhör. Was sie hier zu suchen hätten.
»Maul aufmachen!« Der Regen prasselte, das Gewitter schien weitergezogen zu sein. Von der Steilwand stürzten Steine. Die Männer blickten nervös umher. Der Lastwagen stand mit eingeschaltetem Licht.
»Also, was wollt ihr hier?« Diese Stimme war ihnen unbekannt. Die Gesichter der Männer waren nicht zu erkennen.
»Sie haben kein Recht ...« fing Kuno an. Schwächlich, kläglich: Sein Tonfall sprach seinen Worten Hohn. Das hatte mit Vorwärtsverteidigung nichts mehr zu tun.
»Wir werden euch zeigen, was wir für ein Recht haben!« schrie sie der Mann an und hob die Faust.
»Wir wollten nichts Besonderes«, sagte Bernd schnell. »Bloß spielen.«
»Bloß spielen, ja? Und bei dem Sauwetter. Das könnt ihr eurer Oma erzählen!«
»Das Wetter hat uns doch überrascht!« Bernd hoffte, inbrünstig, daß sie ihm glaubten. Und die Kamera nicht bemerkten, die er seitlich unters Hemd geschoben hatte.
»Verarsch uns nicht, mein Sohn!« Ein Mann faßte Bernd hart an, schüttelte ihn, daß sein Kopf herumflog.
»Spuck aus, weshalb ihr hier seid!«
»Sie dürfen uns nicht schlagen«, sagte Kuno ängstlich. »Das ist verboten.«
»Werd' dir zeigen, was verboten ist!« Der kam auf

Kuno zu, ein anderer hielt ihn zurück: »Laß ihn!« befahl er barsch, und: »Wiederholt noch einmal, weshalb ihr euch um diese Zeit hier herumtreibt!«
»Wir sind Ihnen doch keine Rechenschaft schuldig, was wir machen!« gab Bernd patzig zurück.
»Jetzt reicht's aber!« Beim Schein eines Blitzes sahen die Jungen den wutverzerrten Ausdruck des Mannes. Leider sah der Mann auch etwas.
»Ein Fotoapparat, ich werd' verrückt!« schrie er. »Her damit!«
»Nein, den kriegen sie nicht!« Bernd würde eher sterben, als den Riemen loslassen. »Den geb' ich nicht her!«
Der Mann zerrte vergeblich, beinahe verlor er das Gleichgewicht, als er mit aller Gewalt versuchte, dem Jungen den Apparat zu entreißen.
»Wir müssen weg!« drängte der Fahrer des Lkw.
»Erst müssen wir wissen, was die hier zu fotografieren haben!«
»Vögel«, stieß Bernd hervor, »wir wollten Vögel knipsen und da kam das Unwetter.«
»Sie wollten Vögel knipsen«, höhnte der, der ihm die Kamera abnehmen wollte, »hört euch das an! Vögel!« Er lachte böse.
»Ist aber wahr!« versetzte Kuno, mutig geworden. Vielleicht kamen sie mit einem blauen Auge davon.
»Wenn wir noch lange warten, können wir nicht mehr fahren!«
Bernd hielt Ausschau, warf unauffällige Blicke über den See. Wie mochte es den anderen ergehen? Es war etwas heller geworden, oder täuschte das?
»Was machen wir mit diesen Burschen?« fragte der Raupenfahrer.

Man hörte aus seiner Stimme die Ratlosigkeit heraus.
»Laufen lassen?«
Die Männer berieten kurz. Einer sagte: »Wir müssen mit dem Chef telefonieren«, und zu Bernd und Kuno gewandt: »Mitkommen!«
»Wohin?«
Keine Antwort. Statt dessen wurden sie ergriffen und zu dem Wiegehaus geschleppt, das einer aufgeschlossen hatte.
»So, rein da! Da bleibt ihr schön trocken! Den kleinen Denkzettel habt ihr verdient!«
»Das können wir doch nicht machen«, hörten die Jungen noch, ehe die Tür zugeworfen wurde. Bernd rieb sich die schmerzende Stelle am Nacken, wo man ihn gepackt hatte. Gott sei Dank, die Kamera war noch da! Erst dann kam ihm zu Bewußtsein: Wir sind gefangen!
»Sie haben uns eingeschlossen!« sagte er zu Kuno, den er nur schwach erkennen konnte, und versuchte, die Tür aufzureißen. Vergeblich. Eine schwere Bohlentür, massive Riegel. Panik. Bernd trommelte an die Tür. Das müssen sie hören, sie müssen wieder aufmachen! Bernd schlug und trat mit voller Wucht gegen die Bretter, daß es dröhnte. Kuno hatte unterdessen das Fenster geöffnet. Es war klein und sie kämen selbst dann nicht heraus, wenn es nicht vergittert wäre. Die Stäbe sah er beim Schein des nächsten Blitzes, der allerdings jetzt schwächer geworden war. Aber was nützte ihnen das in ihrem Gefängnis.
»Hallo! Fahren Sie nicht weg! Lassen Sie uns raus!«
»Die sind verrückt«, entsetzte sich Kuno, »die wissen nicht, was sie tun! Das sind Gangster!«
Was nun?

Waren sie schon weg?
Stimmen, erregte Rufe, ein Fluch.
Die Tür wurde wieder geöffnet. Die Typen haben sich anders besonnen! Sie haben eingesehen, daß man die Jungen nicht einfach einsperren kann, nicht behandeln kann wie Verbrecher. Sie werden sie rauslassen, sich entschuldigen . . . Ein Glück!
Ein Glück?
Es wurde jemand hereingestoßen, eine Gestalt stolperte über die Schwelle, und schon war die Tür krachend zugeschlagen! Die Jungen hielten die Luft an: War das möglich? Es roch nach Staub, nasser Wolle, ein Dritter war hinzugekommen, der sagte mit verzagter Stimme: »Ich hab' erklärt, daß sonst keiner mehr da ist.«
»Elke, bist du das etwa?« Bernd faßte sie an, fühlte ihre Schultern. Sie war vollkommen durchnäßt. Sie schluchzte auf, lehnte sich an ihn. Sie zitterte wie Espenlaub, sie war fix und fertig.
Kuno dachte, ein böser Traum, es ist ein furchtbarer Traum und gleich werden wir daraus erwachen. Aber das Geviert des Fensters vor seinen Augen, von Gitterstäben zerteilt, zeigte ihm, daß es alles andere als ein Traum war. Ihr Detektivspiel war bitterer Ernst geworden, hatte eine üble Fortsetzung gefunden in der unfreiwilligen Gefangenschaft.
Und nun hatten sie auch noch Elke geschnappt!
»Wie konnte das passieren, Elke?« Bernd rang um seine Selbstbeherrschung. Elke kriegte noch nichts heraus, das Schluchzen schüttelte ihren Körper, preßte ihr die Kehle zu.
Ein Blitz schien in das Betonhäuschen einzuschlagen, so rumste es. Der Boden bebte unter ihnen, als der

Donner folgte, dessen Echo lange keinen Ausweg aus der Kiesgrube fand. Kuno stieß sich die Knochen an den gußeisernen Armaturen der alten Waage wund, die sperrig im Raum stand; Elkes Weinkrampf löste sich, als Bernd ihr beruhigend den Rücken streichelte. Ist schon gut, ist ja gut, bis sie wieder durchatmen konnte und stockend erzählte, daß sie die ganze Zeit hinter ihnen gewesen sei, was sie ja in ihrem Jagdeifer nicht bemerkt hätten. Sie wüßte auch nicht, warum sie das getan hätte, warum sie sich auf so was Unsinniges eingelassen hätte, jetzt sei alles zu spät!
Das Wort blieb unwidersprochen im Raum: Zu spät.
Das Gewitter kehrte zurück, es drehte noch eine Runde, hatte sich zu einem neuen Angriff formiert, entlud noch einmal die ganze Gewalt seiner enormen elektrischen Ladung genau über ihnen, und Wasserfälle stürzten aus endlich geöffneten Schleusen herab. Es war ein Unwetter von tropischer Gewalt, ein wahnsinniges Toben, wie es selbst die Menschen, die ihr Leben lang in dieser Gegend wohnten, noch nicht erlebt hatten!
Bernd, Elke, Kuno waren jetzt zwar geschützter, doch was gäben sie darum, im Freien zu sein, sich dem Regen aussetzen zu dürfen ...
»Und die andern, was ist mit denen?« schrie Bernd in den Tumult. Elke wischte sich die Nässe aus dem Gesicht. Die anderen?
»Die wollten so schnell wie möglich weg, die wollten keine Minute länger bleiben. Ich weiß aber nicht, ob sie es gemacht haben.«
»Haben sie beobachtet, daß wir gefangen sind?« fragte Kuno.
»Kann ich nicht sagen«, antwortet Elke.

»Meinst du, sie können Hilfe holen?« fragte Bernd. Ein Donnerschlag verschluckte Elkes Antwort.
»Wann lassen die uns wieder raus?« wollte Kuno wissen. Wer sollte darauf eine Antwort geben? Soviel sie verstanden hatten, wollten die Männer heute noch eine Fuhre machen. Aber dieser Regen! Das war eine Sintflut, es goß, es schüttete kubikmeterweise: Ein ununterbrochener Strom wälzte sich aus gebrochenen Dämmen. Jeder Landregen in den Ferienwochen davor, der ihre Pläne manches Mal durchkreuzt hatte, war nur eine milde, sanfte Erfrischung gegen das hier! Im Handumdrehen wurden Löcher und Raupenspuren in Tümpel verwandelt, war aus der provisorischen Piste am Ufer eine Schlammwüste entstanden. Die würden mit ihren Fässern nicht mehr bis an ihr Versteck in der Wand kommen!
Die Wand: Durch das vergitterte Viereck sahen sie einen Ausschnitt. Sandmassen brachen herab, Steine wurden herausgewaschen.
»Hilfe!« schrie Kuno plötzlich. »Hilfe! Zu Hilfe!«
»Laß doch! Hat keinen Sinn!« sagte Bernd.
»Wir müssen es versuchen! – Carola, hört ihr uns nicht!«
»Selbst wenn sie uns hören, können sie auch nichts machen!«
»Sollen wir einfach warten und nichts tun? Hallo! Wir sind hier drin!«
Niemand, der nicht dicht am Wiegehaus war, konnte Kuno bei dem Unwetter hören. Das ungeheure Prasseln des Regens, das Krachen des Donners und jetzt auch noch ein Beben, ein unbestimmtes Grummeln verschluckten jeden Ton. Auch als sie zu dritt riefen, sich mit vereinter Kraft anstrengten, damit man sie jenseits

des Sees hörte – menschliche Stimmen kamen gegen das Wüten der Natur nicht an!
»Hiilfe! Siegfried! Andrea! Wo seid ihr!«
Sie gaben es auf. Sie redeten einander gut zu, um nicht soviel nachdenken zu müssen, um keine Panik aufkommen zu lassen. Sie beruhigten sich gegenseitig, die Männer hatten ja nur von einem Denkzettel gesprochen, sie konnten sie doch nicht einfach eingesperrt lassen!
Es hellte sich etwas auf.
Die Brocken, die von der Steilwand stürzten, wurden jetzt immer größer, fielen mit Wucht herunter. Die Eingeschlossenen hörten das Aufklatschen im Schlamm. Es war ganz in der Nähe, das Wiegehaus stand ja nicht weit weg von der Wand. Um Gottes willen, dachte Kuno, wenn es nicht noch einen Erdrutsch gab! Vielleicht wollten die das, vielleicht war es ihnen lieb, wenn die Zeugen auf diese Weise beseitigt wurden.
»Wollen die uns umbringen?«
»Was redest du da?« fragte Bernd. Kuno hatte laut gesprochen, seine Angst steigerte sich, je mehr er sich überlegte, was alles geschehen konnte.
»Kuno, sei vernünftig! Denk doch mal nach! Die Tür ist abgeschlossen, und wenn man uns findet, hat man auch die Täter sofort. Es gibt viel zuviele Spuren!«
»Meinst du etwa, daran denken die?«
Ein Rumoren, ein fürchterliches Ächzen begann draußen, als setze sich ein riesiges Fahrzeug in Bewegung.
Elke war zu erschöpft, um sich aufzulehnen. Sie verlor den Mut, sie dachte, wir sind verloren, und: Ich habe sie gewarnt, aber sie wollten ja nicht auf mich hören.
Das Gewitter war endlich vorbei, aber der Regen ver-

stärkte sich noch. Plötzlich bebte die Erde, der Betonfußboden fing an zu vibrieren. Sie spürten es unter ihren Sohlen, spürten deutlich, daß sie den festen Stand verloren. So mußte es bei einem Erdbeben sein, wenn die Menschen in ihrem Entsetzen aus den Häusern flüchten, hinaus auf die Straßen und freien Plätze, um den herabstürzenden Decken zu entkommen. Ein Erdbeben, das gibt's doch hier gar nicht!
Sie werfen sich verzweifelt gegen die Bohlen, wieder und wieder versuchen sie, die Tür aufzusprengen. Bernd keucht, und seine Schulter zerspringt beinahe von seinem Ansturm, aber die Tür gibt nicht einen Zentimeter nach! Sie schlagen sich die Fäuste blutig, das Fensterglas fliegt heraus, doch was hilft das! Die Stäbe sind tief im Mauerwerk eingelassen, die rühren sich sowenig wie die Tür. Ach, hätte der Kiesgrubenbesitzer, oder wer immer, doch nur nicht solche Angst um seine Gerätschaften gehabt!
Sie strecken die Hände durch das Gitter, die werden naß vom warmen schmierigen Regen, dessen Ströme, dessen Gewalt die Steilwand gelockert hat, ihr den Halt genommen hat, bis sie in Bewegung geraten ist, Risse bekommt, die man jetzt vom Wiegehaus aus sieht.
»Die Wand stürzt ein!« schreit Kuno. »Ich hab' es gewußt! Sie lassen uns einfach verrecken!«
Von einem gewaltigen Stoß getroffen fällt er gegen die Armaturen, schlägt wild um sich, als könne er sich auf diese Weise wehren, hat sich wieder aufgerappelt. Bernd und Elke stehen am Fenster, die Köpfe dicht beisammen, können gar nicht glauben, was sie sehen, was da wie in Zeitlupe vor ihnen abläuft; halten sich an die Stäbe geklammert, um nicht auch umhergeschleu-

dert zu werden, weil der Boden unter ihren Füßen jetzt erheblich schwankt von dem einsetzenden Erdrutsch: Die Risse werden breiter, das ganze dauert nur Sekunden, aber den Eingeschlossenen kommt es wie eine Ewigkeit vor; tonnenweise stürzt Material herab, wie von mehreren Sprengungen, Spalten klaffen auf, als habe ein überdimensionales Beil sie getroffen, springen auf, verbreitern sich zusehends, und wieder kippen Teile ab, klatschen herunter, wühlen den See noch mehr auf. Der hat sich bereits in eine schäumende, gischtende Fläche verwandelt, in einen strudelnden Mahlstrom, dessen gefährliches Brodeln sie in ihrem Gefängnis hören können.

Was wird sein, wenn die gesamte Steilwand einstürzt? Wird sie nicht unweigerlich auch das Wiegehaus unter sich begraben? Und was wird aus den Giftfässern? Sie werden platzen, sie werden explodieren, sie werden ihnen, selbst wenn das Haus den Massen standhalten sollte, mit ihren giftigen Dämpfen die Luft zum Atmen nehmen.

Oh, wenn es doch endlich vorbei wäre!

Weitere Erschütterungen folgen, kurze Ruhepause, Kuno will Hoffnung schöpfen, will schon fragen, ob es aufgehört hat, obwohl die Erde noch bebt, will sich ans Fenster drängen, das noch von den beiden blockiert ist, die entsetzt und fasziniert zugleich dem Schauspiel gefolgt sind, da geht ein Ruck durch die Erde! Etwas Endgültiges ist geschehen, etwas Unwiderrufliches ... Elke sagt: »Wir müssen sterben ...« Sie sagt es ruhig, als sei sie zuallerletzt davon betroffen ... Dann ist sie ganz still, genau wie die anderen beiden, die wie erstarrt stehen, nur ganz im Inneren ein Zittern verspüren ... Oder kommt es von außen? Im Ausschnitt ihres

Fensters neigt sich die Wand, fast zögernd, als wolle sie noch überlegen, scheint noch einmal zu stehen, jetzt, da das Unwetter vorbeigezogen ist ... Ein zweiter Ruck, sie bricht ab, es ist keine Täuschung mehr: Die dreißig Meter hohe Steilwand stürzt ein ... Fällt auf sie zu ...
»Nein!«
Wer hat es gerufen?
»Nein nein nein!«

Verschüttet

Später.
Wie sind sie bloß dahin gekommen!
Und wie sie aussehen!
Carola fluchte, haute auf die Gabel. Ein Glück wenigstens, daß die zwanzig Pfennig nicht steckenblieben, die letzten beiden Münzen, die Siegfried aus seinen Taschen gefischt hatte.
Wie sie bei dem Unwetter aus der Kiesgrube gekommen sind: Sie wußten es selber nicht genau! Als Elke auch noch weg war, davongehuscht mit dem Ausruf: »diese Idioten!«, als die drei allein waren, wollten sie weg, unbedingt raus, und nicht nur Andrea, sondern auch Carola, die sonst so Mutige und Entschlossene, und Siegfried, der als einziger Mann übriggeblieben war – sie liefen davon, als sei der Leibhaftige hinter ihnen her! Als ginge es ihnen direkt an den Kragen und nicht ihren Freunden. Von den anderen sahen sie nicht allzuviel im allgemeinen Getümmel. Außerdem mußten sie sich konzentrieren, um die Eisenleiter im

ersten Silo hinaufzuklettern. In der Finsternis, beim Krachen des Donners, dessen dröhnendes Echo sich in diesen rostigen Behältern fing, und erst oben auf der Förderbrücke – was hatten sie da für eine Angst ausgestanden! Sie krochen auf allen vieren, ertasteten sich jeden Meter, vorneweg Teddy, am Ende Frettchen, in der Mitte die bibbernde Andrea, und allen dreien war es so gleichgültig, ob die verdächtigen Gestalten da unten sie bemerkten oder nicht. Hauptsache, sie kamen ungeschoren hier raus! Dann rutschten sie außen am zweiten Silo hinunter, fielen mehr, als daß sie kletterten, platschten in Schlammpfützen und machten sich, so schnell sie noch konnten, über die Feldwege davon ...

Endlich, das Freizeichen!
Was wählte man in solchem Fall? 110? 112? Wenn es drauf ankam, wußte man es natürlich nicht. Es war eng in der Telefonzelle, die Tür stand halb auf. Andrea war noch dabei, obwohl sie eigentlich sofort hatte nach Hause laufen wollen. Ein ihr unerklärlicher Zwang hielt sie fest. Neugier? Sorge?
Im Hintergrund ein Reitstall, daneben ein Parcours, der abends normalerweise beleuchtet war. Carola kannte die Ecke hier, wo sie mehr oder weniger durch Zufall gelandet waren. Ihr Blick fiel auf eine Reklametafel über dem Fernsprechapparat: »Immer auf dem laufenden mit dem Rechtsrheinischen Anzeiger«. Das brachte sie auf eine Idee: Gaul anrufen! Die Telefonnummer der Zeitung stand unter dem Text. Vielleicht wußte der Redakteur, was zu tun war.
»Das Gewitter hört auf.« Siegfried war erleichtert. Er hatte keinen trockenen Faden mehr am Leib. Auch

Andrea fror erbärmlich, ihr schöner Schal hatte sich zu einem dürftigen Stricklein verdreht.
Carola war sich nicht ganz sicher, was sie zuletzt in der Kiesgrube gesehen hatte. Sie hatte sich umgedreht – ganz von Sinnen vor Angst war sie noch nicht –, als sie die Förderbrücke verließen. Sie hatte noch gesehen, daß die Jungen dort unten am Ufer lagen, während die Männer in wilder Hast schufteten und die Raupe ackerte, und sie hatte gedacht, sind Bernd und Kuno verrückt geworden, so dicht ranzugehen, gleich wird man sie erwischen; und dann hatte sie gesehen – sie hoffte sehr, daß sie sich getäuscht hätte –, wie einer der Männer auf die Stelle zuging, wo sich die Späher befanden. Aber das konnte Zufall sein, weil die Arbeiter sowieso in dem Gewitter herumrasten wie aufgescheuchte Hühner.
Es ging auch alles so schnell, doch man konnte die Sache jetzt nicht auf sich beruhen lassen. Sie mußten etwas unternehmen! Darin waren sie sich einig, und deswegen standen sie hier in der Telefonzelle, auf deren Dach der Regen trommelte. Andrea maulte nicht, kein Ton kam von ihr. Es war selbstverständlich, daß Carola die Initiative übernahm.
»Ja, bitte? Wer ist da?« rief sie in die Sprechmuschel.
»Können Sie mich bitte mit Herrn Gaul verbinden?«
Von der Hauptstraße her die Sirenen der Feuerwehr, das Jagen eines Unfallwagens.
»Herr Gaul?«
Es war aber nicht der Redakteur, sondern die Sekretärin, bei der die Gespräche ankamen.
»Bitte, verbinden Sie mich mit Herrn Gaul!«
»Das geht jetzt nicht. Er hat viel zu tun, er hat keine Zeit.«

Die Sekretärin dachte wohl, ein Kind mache sich einen Scherz, doch als Carola mit entsprechender Stimmlage versicherte, wie dringend es ist, gab die Sekretärin nach.
»Augenblickchen noch, sein Apparat ist besetzt!«
»Ja, ich warte.«
Auch das noch! Andrea war nervös geworden, klopfte einen Takt an die Scheibe. Carola stampfte mit dem Fuß auf, als könnte sie so etwas beschleunigen. Sie hörte, wie es in der Leitung knackte und ferne Stimmen sich geisterhaft einmischten. Am Himmel war es heller geworden, im Reitstall ging ein Licht an. Die Feuerwehrsirenen waren heute anscheinend in alle Richtungen unterwegs.
»Gaul. Wer spricht?« Der Mann war in Eile, seine Stimme klang, als führte er mehrere Gespräche auf einmal.
»Herr Gaul, hier ist Carola Wörner.«
»Wörner?« Gleich würde er auflegen, deshalb fuhr Carola rasch fort: »Wir waren bei Ihnen wegen der Kiesgrube und den Fässern, die sie dort verstecken . . .«
»Ja, natürlich, ich erinnere mich. Was gibt es denn?« Wachsendes Interesse, als Carola hervorsprudelte mit sich überschlagenden Sätzen, daß sie heute beim Gewitter beobachtet hätten, wie die Leute wieder neue Fässer abgeladen hätten, und das sei diesmal von Bernd Harich fotografiert worden. Der Kuno sei auch dabeigewesen, und beide seien wahrscheinlich geschnappt worden . . .
»Was sagst du da? Geschnappt?« Gaul wurde vollends hellhörig.
»Ich glaube«, sagte Carola. »Wir konnten das aber nicht genau erkennen, weil wir vorher weg sind. Wir

hatten Angst vor dem Gewitter und so. Wie? Nein, ich bin nicht allein, es sind noch zwei bei mir, mein Bruder und eine Freundin, die kennen Sie nicht. Nein, die Polizei habe ich nicht angerufen. Wir dachten, Sie wüßten vielleicht, was wir tun sollen. Nein, Genaueres kann ich leider nicht sagen. Es war ja alles so dunkel.«
Am anderen Ende der Leitung schien der Redakteur zu überlegen. Carola schwitzte in der Enge der Zelle. Je länger das Gespräch dauerte, um so mehr war sie davon überzeugt, daß etwas geschehen mußte.
»Bist du noch da?« fragte der Journalist. Sie hörte das Rattern des Fernschreibers.
»Ja, sicher! Ich warte noch!« Ein Segen, daß es ein Ortsgespräch war. »Paß mal auf: Eigentlich hab' ich jetzt furchtbar wenig Zeit für euch, aber die Sache scheint wichtig zu sein. Bleibt, wo ihr seid, ich komme hin. Sag mir nur exakt, wo ich euch finde.«
Carola beschrieb es, so gut sie konnte.
»Also dann, in einer Viertelstunde spätestens.« Der Redakteur legte auf. Er hatte zur Autobahn gewollt (bevor Carolas Anruf kam), wo es wieder eine Massenkarambolage gegeben hatte. Sämtliche Feuerwehr- und Krankenwagen des Kreises waren dorthin beordert worden. Der »Anzeiger« hatte mehrmals über diese gefährlichen Stellen berichtet, wo es bei Regen und Dunkelheit immer zu Stauungen und schweren Unfällen kam. Gaul hatte eine Minute geschwankt, was er tun sollte, dann sagte er dem Fotografen, der wartend dastand: »Komm, wir fahren woanders hin, ich hab' vielleicht eine gute Story für uns.«

Sie warteten abwechselnd frierend und schwitzend im Schatten des Reitstalls, aus dessen Ritzen das Scharren

und leises Schnauben der Pferde drang, der Stallgeruch von Tier und Stroh. Kein Mensch weit und breit, mit dem sie ihre Sorgen und Befürchtungen besprechen konnten.

Wo blieb der Redakteur? War die Viertelstunde schon um?

Es goß weiter.

Andreas neuer Regenmantel schien auch nur in der Auslage des Schaufensters wasserdicht zu sein; Siegfried war bleich und stumm; Carola versuchte mit einem Witzchen, die Gefährten aufzuheitern. Das mißlang, weil ihr selber auch gar nicht nach Witzen zumute war.

Irgendwo ging es in einem anderen Anruf ebenfalls um die drei in der Kiesgrube.

»Was? Seid ihr komplett verrückt geworden?« brauste einer auf.

»Aber was sollten wir denn tun?« Der Gesprächspartner stotterte ein wenig vor Erregung.

»Ihr könnt die Kinder doch nicht einfach einsperren, ihr Idioten! Das macht euch doch nur verdächtig! Glaubt ihr etwa, die halten den Mund, wenn sie wieder draußen sind?«

»Daran haben wir in der Eile nicht gedacht! Die sollten doch nur einen Denkzettel kriegen!«

»Aber sie haben euch doch bestimmt erkannt! Saublöde Bande!«

»Nun mal halblang, Meister! Beschimpfen lassen wir uns nicht!«

»Arschlöcher!«

»Ich leg' auf, Mann! Dann können Sie Ihren Kram alleine machen!«

»Hätt' ich auch gute Lust zu ... Moment noch, wir wollen die Dinge nicht schlimmer machen, als sie schon sind. Habt ihr wenigstens die Fässer gelagert und zugeschüttet, bevor sie euch gesehen haben?«
»Ich weiß nicht genau. Es fehlt auch noch eine Fuhre. Die kriegen wir bei dem Sauwetter nicht mehr hin. Der Wagen versinkt im Dreck.«
»Auch das noch! Fahrt auf jeden Fall sofort wieder hin und seht nach den Kindern. Wie alt sind sie denn?«
»Weiß nicht. War nicht genau zu sehen, so wie das geplätschert hat.«
»Um so besser. Vielleicht haben sie auch nichts gesehen. Fahrt hin, aber schnell!«
»Sollen wir sie freilassen?«
»Werden wir sehen, wenn ich da bin. Los!«
»Ja, ja, nicht so hastig, Meister.«
Der Mann warf wütend den Hörer auf die Gabel.

Elke. Elke. Sie rast auf ein schwarzes Loch zu. Es verschlingt sie, gleich ... Sie hält sich an irgend etwas fest, einer Stange, einem Hebel. Metall? Ist es ein Arm? Sie krallt sich fest, um nicht zu schreien. Hört denn dieses Geräusch niemals mehr auf? Dieses alles zermalmende, knirschende, furchtbare Fallen und das Stöhnen, als wälze sich ein Riese in entsetzlichen Schmerzen! Hat sie die Augen geschlossen? Sie denkt, komisch, daß ich immer ruhiger werde. Das Chaos, der Weltuntergang, so stellt man sich das vor, so ist das also ... Sie denkt an die meistens unsichtbaren Eltern, sie denkt an Andrea, sie sieht ihre Freunde in der Bude vor sich. – Ach! Meilenweit ist das weg! Welten entfernt! Das war in einem anderen Leben, das war in einem Film, den sie vor langer Zeit gesehen hat ... Ich

sehe mir zu, denkt sie, als wäre ich eine andere Person ... Die Gedanken rasen an ihr vorbei, sausen mit Lichtgeschwindigkeit durch sie hindurch ... sie kann nichts halten, sie will es auch nicht ... Fast hat sie vergessen, daß sie nicht allein in diesem Boot sitzt, das auf den Wasserfall zugetrieben wird und gleich hundert, tausend Meter abstürzen wird, in drehendem und wild sich überschlagendem Fall; ja, fast hätte sie es vergessen, wenn nicht dieses Ding wäre, in das sie sich festgekrallt hat, das sie nicht mehr loslassen kann, bis ihre Fingerkuppen schneeweiß und abgestorben sind ...

Die Brühe lief den Nacken herunter, sammelt sich in den Vertiefungen des Rückens.
Die drei standen unter dem niedrigen Apfelbaum in der Nähe, wo es noch ärger tropfte als anderswo, aber das war auch schon egal. Vom Nachhausegehen sprach niemand. Andrea hatte den Kopf eingezogen. Siegfried blickte starr über die Felder zur Kiesgrube hin, von wo ein letztes Donnern herkam, ein Beben und Rollen. Es schien, als sei zum Aufatmen nach überstandener Angst noch kein Anlaß; als könnte die Gewalt jederzeit wieder über sie hereinbrechen, auch wenn es im Augenblick so aussah, als sei alles vorbei, nur dieses Knurren und Grummeln aus der Ferne noch! Heller war es geworden, Wolken waren zu erkennen, Dunstschleier und hier und da die Lichter vom Dorf.
»Wo bleibt der Gaul!« schimpfte Siegfried. »Wir stehen uns hier die Beine in den Bauch und der läßt uns hängen. So was will ein Reporter sein!« Siegfried kannte den Mann zwar nicht, aber er konnte ihn schon jetzt nicht besonders leiden.
»Er wird schon kommen«, sagte Carola, »ist doch erst

fünf Minuten her, seit wir mit ihm gesprochen haben. Fliegen kann der auch nicht.«
Aber kam da hinten nicht ein Wagen? Schwenkten nicht zwei Scheinwerfer auf den Weg ein, der zum Reitstall führte?

Das Haus ist gebaut wie ein Bunker aus Eisen und Beton, es wird nicht umfallen, es wird halten, es wird uns schützen, denkt Bernd, es wird verhindern, daß wir von dieser Lawine begraben werden. Aber dann schreit er wieder wie besinnungslos um Hilfe, bis der Schmerz ihn zu sich bringt: Elke hat sich an seinem Arm festgekrallt, ihre Finger lassen sich nicht lösen, so sehr er es auch versucht. Sein Schreien gibt er auf, das hört ja doch keiner. Die Kamera ist zu Boden gefallen, soll sie, sie tut ihm jetzt keinen Dienst mehr, falls sie das überhaupt getan hat. Und wie gleichgültig ihm die Geschichte mit den Fässern geworden ist! Sollen sie doch die ganze Welt vergiften, wenn er bloß hier rauskommt! Sollen sie sich alle gegenseitig umbringen, aber ihn um Gottes willen dabei aus dem Spiel lassen! Er vernimmt die hämischen Stimmen mit den Vorwürfen, sie hätten sich in Dinge eingemischt, die sie nichts angingen, sie hätten sich alles selber zuzuschreiben; er sieht die schadenfrohen Gesichter und gleichzeitig wird ihm bewußt – und das durchzuckt ihn wie ein Blitzschlag – daß er alles in Kauf nehmen würde, Vorwürfe, Prügel, Hänseleien, Strafe, Schulverweis alles, wenn nur seine Befürchtung nicht Gewißheit würde, daß sie aus dieser Betonkiste nicht mehr herauskommen, diesem Betonsarg mit seiner stabilen Tür und den Gittern vor dem Fenster ... seine Angst, zu erstikken ... ach, Elke, laß doch los, bitte! Ist ja gut, wird

alles gut, hört er sich sagen, wir werden rauskommen, bald, bald ist es vorbei, das Gewitter, der Erdrutsch ... Ihr weißes Gesicht vor ihm, und da redet noch einer neben ihm in der Ecke, der zwischen den Armaturen eingeklemmt ist, wie eine Fliege im Dornengesträuch, redet und brabbelt immerfort: es wächst, es wächst, es wächst ...

Sie pafften weißen Rauch in die Luft. Hielten die Zigaretten in der hohlen Hand, damit die Glut vom Regen nicht ausgelöscht würde. Erst waren Gaul und ein anderer Mann, der eine grüne Parka trug und eine schwarze Umhängetasche, ausgestiegen, dann sagte der Redakteur: »Kommt lieber in den Wagen, Kinder. Das hier ist Murten, unser Fotograf.«
Noch ein Fotograf, dachte Carola, als sie einstieg.
»Also, Herrschaften, was ist denn nun los?«
Gaul sah sie der Reihe nach an, wie sie frierend, völlig durchnäßt auf der Rückbank hockten.
»Das wissen wir eben nicht.« Carola heulte nun fast vor Anspannung; fuhr sich durchs klitschnasse Haar, wischte sich Tropfen von der Nase. »Das ist es ja! Ich hab' es Ihnen schon am Telefon gesagt, daß wir nichts Genaues wissen!«
Gaul merkte, wie fertig die waren, wie kaputt, und schlug vor, sie nach Hause zu fahren. Er zündete sich eine neue Zigarette an. Carola schüttelte den Kopf, auch Andrea rührte sich und protestierte, und Siegfried meinte, das sei ganz unmöglich, man müßte erst hinfahren und nachsehen.
»Wir könnten anrufen«, sagte Gaul, »uns erkundigen, ob sie vielleicht zu Hause sind. Bei dem Tischtennisspieler, wie heißt er noch? Der wird längst zu Hause

sein, und wir machen uns hier nur unnötige Sorgen.«
»Und wenn nicht?« wandte Carola ein. »Wenn er nicht da ist? Wie wollen Sie das seinen Eltern erklären?«
»Nun gut, du kennst dich besser aus, Carola«, mußte Gaul zugeben. Er fühlte sich nicht ganz wohl in seiner Haut. Diese Situation war neu für ihn. Entscheidungen, bei denen Kinder mit im Spiel waren, hatte er noch nicht getroffen. Beim letzten Mal hatte er seine Mittagspause geopfert, es war ein Spiel, ein interessanter Ausflug, eine Erinnerung an die eigene Jugendzeit, ans Budenbauen, ans Klettern. Der Fotograf konnte ihm nicht weiterhelfen, dem war es egal, ob sie an die Autobahn fuhren oder in die Kiesgrube: Der Abend war sowieso verdorben.
»Wenn wir schon hinmüssen, dann aber dalli!«

Feiner Sand, fein wie Mehl, der dringt durch alle Poren, Ritzen und Löcher in Mund, Nase und Ohren: Kuno beißt die Zähne fest aufeinander, als wolle er das verhindern. Wie eine Lawine, so scheint ihm, kommt das auf ihn zugerollt, türmt sich hoch auf vor dem Fenster, Berge und Wellen aus Sand brechen über ihr Gefängnis herein, und die schlimmste Folter ist, daß es langsam im Zeitlupentempo vor sich geht, so kommt es ihm vor – eine besonders teuflische Quälerei, von den Naturgewalten für diese Eingeschlossenen ersonnen ... Kuno murmelt es wieder und wieder wie eine Litanei: es wächst, es verschüttet uns, es wächst, und er weiß nicht mehr, was er tut, hat auch vergessen, daß er nicht allein ist, und wird sich höchstens später mit Schaudern erinnern, auch daran, wie leicht er sich, wäre er bei klarem Verstand gewesen, aus dem Gestänge der Waage hätte befreien können. Aber der

Schock hat ihn gelähmt, hat ihn unfähig gemacht, selbständig zu handeln, hat ihn dazu gebracht, daß er die Sand- und Kiesberge ins Unendliche wachsen sieht, auch als die Bewegung zum Stillstand gekommen ist, da ist er ganz sicher, tot zu sein, erstickt, zugeschüttet . . .

Wann kam Kuno wieder zu sich? Wann hörten sie menschliche Laute? Wie viele Ewigkeiten sind vergangen?

Nach einer halsbrecherischen Fahrt durch Schlaglöcher, über ausgefahrene Feldwege und glitschige Kreuzungen endlich der Eingang zur Kiesgrube. Das Tor stand halb offen. Hier gab es kein Weiterkommen mehr!
»Himmel, was ist das für ein Geruch!« rief Gaul.
»Widerlich!« Murten hustete.
»Das reinste Gift in der Luft!«
»Die Fässer!« schrie Carola und rannte hinunter. »Sie sind ausgelaufen!«
»Kannst recht haben.« Gaul war ernstlich beunruhigt. »Es stinkt wie zehn Chemiewerke auf einmal. Haltet für alle Fälle eure Taschentücher vor die Nase!«
Zwielicht, ein blasser Streifen am Horizont.
Sind wir überhaupt richtig? dachte Carola. Haben wir uns nicht im Weg geirrt? Wie sieht es denn hier aus? Der See war noch da, aber sonst! An dem einen Ufer war eine ganz andere Landschaft entstanden! Das war vorher alles nicht da! Und das Wiegehaus, man sah es nicht mehr! Die Wand war heruntergekommen, ein Chaos entstanden, Halden, Dünen, Täler, die zuvor nicht da waren; die Uferlinie verlief anders, mit neuen

Abbrüchen und Ausbuchtungen, die von dem Unwetter in kurzer Zeit herausgewaschen worden waren. Und die Fässer?

»Die Lampe her!« rief der Redakteur. Murten suchte im Wagen herum, kam mit einer Handlampe zum Vorschein, schwenkte sie über die verwüstete Szene, der Lichtstrahl tastete sich umher, erwischte ein Faß mit gelbem Streifen. Das wiegte sich leicht auf dem Wasserspiegel, daneben noch eins, eingedrückt, ein anderes, aufgerissen, soweit man erkennen konnte. Aufgeplatzt von der Wucht des Erdrutsches, der alles durcheinanderwirbelte. Scharfe, zackige Blechränder, ein weiteres Faß versank gerade, eine stinkende, bläuliche Brühe breitete sich aus, schob sich wie dicker Nebel über die dunkle Wasserfläche hin.

»Ich kotze gleich!« stöhnte Siegfried.

Gaul hat es nicht gehört. Er fluchte, doch sein Journalistenherz schlug höher: »Zück dein Gerät, Murten! Wir müssen das festhalten! Der Tischtennisspieler hatte recht! Hier haben wir die Reportage des Jahres!«

Was der Lichtstrahl der Handlampe auch erfaßte: die Raupe, halb begraben unter den Sandmassen; das Dach des Wiegehauses, ein flacher Kegel in dieser Wüste ... aber keine Menschenseele, kein Laut.

»Meint ihr wirklich, eure Freunde sind hier noch irgendwo?«

Gaul schien sich erst jetzt daran zu erinnern, weswegen sie eigentlich hergekommen waren. Er wurde unsicher. Sie riefen.

»Bernd! Elke! Kuno! Seid ihr noch da?«

Das Pladdern des Regens war schwächer geworden, ließ Raum für ein ärmliches Echo ihrer Rufe.

»Bernd!«

»Kuno!«
»Elke!«
Carola, Andrea, Siegfried brüllten aus Leibeskräften in wachsender Angst und Sorge, schrien, was ihre Lungen nach den Anstrengungen dieses Tages noch hergaben. Gaul beriet sich mit Murten, der rasch und routiniert seine Aufnahmen machte, was man tun sollte. Hilfe holen?
»Wir suchen noch ein paar Minuten«, entschied der Redakteur, »ob wir ein Anzeichen finden. Mach weiter schöne Bildchen, Murten!«
»Jawohl, Herr Chefredakteur!« Ihr flapsiger Ton, den sie nicht mehr ablegen konnten, stand ganz im Widerspruch zu ihrer Besorgnis. Sie unterhielten sich auch so, wenn sie auf der Autobahn schwerste Unfallfolgen mit Toten und Verletzten erlebten.
»Bernd! Elke! Kuno!« schallte es über den See hin. Wenn sie in der Bude Unterschlupf gesucht hatten, mußten sie es längst gehört haben!
»Geht nicht zu dicht ans Wasser!« mahnte Gaul. »Hier ist alles vergiftet!«
Blitzlicht, diesmal computergesteuert. Bernd würde staunen, könnte er es sehen. Murten bannte halb aus dem Sand ragende Eisenteile und Fässer auf den Film. Gaul und die Jugendlichen stöberten rufend und schreiend umher . . .
Es dauerte einige Zeit, bis die Eingeschlossenen begriffen, bis sie die Stimmen und Rufe wahrnahmen. Erst dachten sie, die Männer seien zurück, die Gangster, die ihnen diesen Denkzettel verpassen wollten. Dann hörte Bernd seinen Namen! Der hohe Wall, der das Wiegehaus fast bis übers Dach einschloß, dämpfte die Stimmen und Geräusche. Elkes Griff an seinem Arm

lockerte sich; Kuno bewegte sich, hatte aufgehört, vor sich hin zu murmeln. Kniehoch standen sie im Sand, der durch das schmale Fenster hereingeschwappt war. Ein kurzes Aufhellen, dann wieder pechschwarze Nacht. Die Tür hatte standgehalten, das Betonhaus war ihre Rettung! Das kam ihnen jetzt zu Bewußtsein.

»Wir werden gerufen! Hört ihr es nicht! Wir müssen uns bemerkbar machen!«

Gaul wollte schon aufgeben, wollte die Suche einstellen und beriet wieder mit dem Fotografen, der zurück sollte zur Telefonzelle, da hörten sie etwas.

»He, Carola, habt ihr das auch gehört!« fragte der Redakteur.

»Nein, was?«

Gaul rief die Namen der Vermißten, dreimal, viermal.

»Elke! Bernd! Kunoo! Gebt Antwort!«

Ja, da war jemand!

Undeutliche Rufe, als kämen sie aus einem Sack. Woher?

»Hier sind wir! Hierher!«

Die Suchmannschaft robbte und stolperte durch das Kratergelände, hastig und keuchend, mit den Taschentüchern vor Mund und Nase, weil der giftige Gestank nicht wich. Im Gegenteil, immer stärker wurde.

Der Regen hörte auf, sie merkten es nicht, sie gingen den Hilferufen nach, konnten deren Richtung endlich bestimmen: aus dem Wiegehaus, dessen Dach aus dem Sand ragte und auch noch ein Teil der hinteren Mauer. Leider war die Seite mit dem Fenster darin ganz verschüttet, nein, nicht ganz, oben war noch ein Spalt frei, aus dem, das war schnell klar, die Rufe kamen: Hierher! Hier sind wir! Und von der Tür war auch nur

der obere Rand zu sehen, wie Carola feststellte. Sie war vorgeprescht, versank, fiel hin, rutschte die Abhänge hinunter, vollkommen mit Schlamm bedeckt, als sie an dem Wiegehaus anlangte. Gaul warnte, mahnte zur Vorsicht, denn man könnte nicht wissen, ob nicht ein zweiter Erdrutsch folgte, aber Carola lag bereits auf den Knien, kratzte und schabte wie besessen, warf Erde weg wie ein Maulwurf, merkte erst gar nicht, daß Andrea und Siegfried neben ihr lagen und ebenfalls versuchten, soviel wie möglich mit ihren bloßen Händen wegzuschaufeln.
»Wir sind schon da! Wir befreien euch!« antworteten sie auf die Rufe, und: »Ja, ja, wir hören euch gut!«
Gott sei Dank, sie lebten! Alle drei, denn man konnte ihre Stimmen unterscheiden.
Ein dünner Lichtstrahl, der über die rissigen Wände huschte: Gaul leuchtete in den Spalt beim Fenster, den sie schon etwas verbreitert hatten, schwenkte die Handlampe, fragte, ob sie verletzt seien, beruhigte sie, gleich wären sie frei, es könnte sich nur noch um ein paar Minuten handeln. Und Carola stellte in einem fort Fragen, schon, weil sie sich Luft machen mußte. Ungeachtet der vergifteten Atmosphäre wollte sie wissen, wo die Männer hin seien und der Lastwagen ...
Meine Güte, wer sollte denn diese Fragen alle beantworten in solcher Situation, wenn einem die Todesangst noch in den Knochen steckte, nicht wegging, sondern wieder stärker wurde. Und auch das Zittern kam wieder, da man die Rettung so dicht vor Augen hatte!
Wie ist der Redakteur hergekommen? dachte Bernd. Stärker als vorher fühlte er die Enge des Raumes. Er fragte: »Elke, wie geht es dir?«

»Ich bin in Ordnung«, antwortete sie, löste ihre Hand von seinem Arm. »Alles in Ordnung.« Das war übertrieben, wie ihre klägliche Stimme anzeigte.
»Keiner verletzt?« riefen die anderen erneut durch das Fenster herein.
»Weiß nicht genau«, sagte Bernd, »könnt ihr nicht besser leuchten? Kuno?«
»Ja, ich bin hier«, kam es aus der Ecke, ja, auch Kuno hatte die Sprache nicht verloren, obgleich ihm beinahe die Sinne schwanden, als er versuchte, sich aus den eisernen Klammern, die ihn hielten, zu befreien. »Aah!« schrie er auf. »Tut das weh, verdammt! Es ist was mit meinem Arm!«
»Kuno ist verletzt!« meldete Bernd hinauf. »Könnt ihr nicht ein bißchen schneller machen!«
»Ja, Geduld, Freunde, etwas Geduld noch!« rief Gaul hinunter. Aber er sah schon, daß hier durchs Fenster, das sie freilegten, kein Durchkommen war. Von unten blickten ihm drei weiße Gesichter entgegen, zerzaust, schwer mitgenommen.
»Wir müssen es an der Tür versuchen«, erklärte Gaul. »Hier ist nichts zu machen. Noch zwei Minuten, liebe Leute. Hauptsache, ihr seid noch alle okay und keiner ernstlich verletzt. Das mit dem Arm kriegen wir schnell wieder hin, keine Sorge, Kuno.«
»Sie haben gut reden«, preßte Kuno zwischen zusammengebissenen Zähnen hervor. Immerhin gelang es ihm, sich wenigstens aus diesem Gestänge zu befreien.
»Das kannst du alles für deine Zeitung aufschreiben, Kuno«, tröstete Carola. Etwas Besseres fiel ihr im Augenblick nicht ein.
»Bitte schneller«, bat Bernd. »Es riecht so komisch. Wie Äther oder so ähnlich.«

»Wir werden es schon überstehen«, beruhigte ihn Gaul. »Ihr könnt froh sein, daß ihr so clevere Freunde habt.«
»Er meint uns«, sagte Carola. Andrea lächelte. Zum ersten Mal seit einiger Zeit zeigte sie wieder eine Gemütsregung. Gaul sprach mit den Eingesperrten und gab ihnen nebenbei den Rat, auch die Taschentücher zum Schutz vor Mund und Nase zu pressen.
»Die Fässer?« fragte Bernd gleich.
»Es scheint, als sei eins undicht geworden«, gab Gaul Auskunft. »Ich hoffe, daß wir die Verantwortlichen bald zur Rechenschaft ziehen werden . . .«
»Die haben uns auch eingesperrt«, erklärte Bernd.
»Eingesperrt? Donnerwetter! Wie kam das?« fragte Gaul.
Bisher hatten die anderen angenommen, sie hätten in dem Häuschen Schutz gesucht und seien dann verschüttet worden. Und als Bernd ihm in Stichworten den Hergang berichtete, winkte der Redakteur auch schon den Fotografen zu sich, bedeutete ihm, rasch Verstärkung zu holen.
»Nimm meinen Wagen, Murten. Es gibt keine andere Möglichkeit. Ruf die Polizei und den Krankenwagen. Und die Feuerwehr natürlich, die müssen hier freischaufeln. Wir allein kriegen das nicht hin.«
Er sprach leise, damit sie ihn nicht hörten. Das Licht der Handlampe war funzlig geworden, die Batterien ziemlich am Ende. Am Himmel jagten Wolken, Wind war aufgekommen, das dünne, bleiche Mondlicht fiel in die Kiesgrube; auf dem See zerfaserte die bläuliche, stinkende Lache in hundert giftige Augen, die sich langsam auflösten . . .
»Beeil dich, Murten«, rief Gaul. »Und vergiß nicht: Sie sollen den Arzt mitbringen. Ein Junge ist verletzt!«

Murten brummte, stiefelte durch die Löcher davon, während sich Gaul erneut auf die Erde legte, um mit dem, was seine Lampe noch an Licht hergab, den Eingeschlossenen ihre Lage so angenehm wie möglich zu machen.
Murten erreichte den Wagen, wollte einsteigen, da wurde er angehalten. Was er hier zu suchen habe, herrschte ihn einer an. Murten schrak zusammen, fing sich aber gleich wieder. Er war einiges gewöhnt in seinem Beruf, eine Menge schwieriger Situationen hatte er hinter sich. Ruhe bewahren, sagte er sich. Im übrigen konnte er sich denken, um wen es sich hier handelte. Soviel hatte er von dieser Geschichte bereits mitbekommen.
Der Lastwagen versperrte die Ausfahrt. Im Hintergrund lauerten weitere Gestalten. Zwei, drei. Sie mußten ohne Motor heruntergerollt sein, sie mußten schon eine Weile beobachtet haben, was sich inzwischen in der Kiesgrube getan hatte.
»Durchlassen«, sagte der Fotograf, »bitte, ich muß durch!«
»Keiner kommt hier durch!« bellte der andere. Täuschte sich Murten, oder hörte er trotz aller Schärfe eine Unsicherheit heraus?
»Wer sagt das?«
»Geht Sie nichts an!«
Murten nahm sich vor, keinen Streit anzufangen, bloß nichts Unbedachtes jetzt, die Typen waren gereizt nach diesen Ereignissen. Die standen mit dem Rücken an der Wand, die waren zu allem fähig, wenn man sie jetzt noch ärgerte! So ruhig wie möglich sagte er: »Lieber Mann, da hinten sind Kinder vom Erdrutsch verschüttet. Wir brauchen unbedingt Hilfe!«

»Ich hab's ja gesagt, ich hab's ja gesagt, das geht nicht gut! Ich hab's euch gesagt!« hörte Murten jemanden klagen.
»Hör endlich auf mit dem Gewinsel, Mann!«
»Ich war aber dagegen, daß wir sie einsperren. Das könnt ihr bezeugen!«
»Halt's Maul!«
»Jetzt ist wirklich keine Zeit zum Streiten«, mahnte Murten. »Haben Sie Schaufeln und Hacken auf Ihrem Wagen?« Er war froh, daß ihm das einfiel.
»Haben wir«, sagte einer.
»Bitte, dann kommen Sie schnell! Helfen Sie uns, die Kinder auszugraben. Es geht um Leben und Tod, meine Herren, und man wird Sie zur Verantwortung ziehen, wenn Sie nicht augenblicklich etwas unternehmen!«
Murten machte es dramatischer als es war, aber es wirkte. Die Männer schienen zu merken, was sie angestellt hatten, jedenfalls hörte der Streit auf. Allerdings weigerten sie sich, den Fotografen fahren zu lassen. Sie ließen den Lastwagen stehen, holten das Werkzeug, hofften, halbwegs ungeschoren wieder aus der Sache herauszukommen. Denn daß zu allem Überfluß die Luft verpestet war, hatten sie inzwischen gemerkt, und daß es nicht vom Kunstdünger auf den Feldern kam, konnten sie sich denken.
»Schneller, meine Herren, ich flehe Sie an!« drängte Murten. Gaul, Carola, Andrea und Siegfried hatten bemerkt, daß irgendwas schiefging mit Murtens Mission. Der Wind trug Gesprächsfetzen herüber; der Wind, der aber auch das Atmen wieder erleichterte, weil er die giftigen Wolken davontrieb, die vom Wasser aufstiegen. Wenn nur nicht noch weitere Fässer undicht wurden!

Gaul tat so, als sei nichts, als stünde die Befreiung jetzt kurz bevor. Er sprach den Jugendlichen Mut zu, gab Kuno Ratschläge, wie er den Arm halten sollte. Es könnte nichts mehr passieren, das Unwetter sei vorbei. Und dann sprach Carola wieder mit den Eingeschlossenen, und sogar Andrea kroch dicht ans Fenster und sagte einige tröstende Worte.

Was war mit Murten? Mit wem verhandelte der am Tor?

Plötzlich Tumult, Reifen knirschten, Bremsen, Scheinwerfer: noch ein Wagen war angekommen! Unwillkürlich packte der Redakteur seine Handlampe fester. Wenn diesen Jugendlichen mit Absicht Schaden zugefügt werden sollte, wenn man sie mundtot machen wollte, weil sie zuviel gesehen hatten, dann gerieten sie jetzt erst recht in Gefahr, wenn die Ganoven feststellten, daß ihr Plan mißlungen war.

»Versteckt euch!«

Carola, Andrea und Siegfried verstanden. Sie zogen sich in den Schatten zurück.

Bernd wurde unruhig. »Was ist da draußen los?« fragte er.

Geschrei. Kommandos.

Murten kam atemlos über die Sandhügel angehetzt.

»Was geht da vor?« fragte Gaul im üblichen lockeren Ton, der seiner Verfassung widersprach. »Eine Betriebsversammlung?«

»Weiß nicht. Da kam einer an, den sie Chef nennen. Der fing gleich an zu kommandieren.«

»Warum bist du nicht weg, die Polizei holen?«

»Ging nicht, die lassen mich nicht durch!«

»Aber das ist unmöglich! Hier sind Menschen in Gefahr! Hast du ihnen das klargemacht?«

Gaul vergaß in seiner Wut die Eingeschlossenen, die jedes Wort verstehen konnten. Sie drücken die angstverzerrten Gesichter an die Gitterstäbe, dachten, nun sei es endgültig aus, wenn sogar Gaul die Beherrschung verlor. Nahm die Qual denn nie ein Ende? Oder?

Eine Gruppe Männer kam näher, einer trieb sie an, beschimpfte sie heftig, forderte sie auf, schleunigst die Raupe freizumachen.

»Wer sind Sie?« fragte Gaul, und ohne eine Antwort abzuwarten fuhr er fort: »Ich hoffe, Sie wissen, was Ihre Leute hier angerichtet haben! Von der kriminellen Giftmüllablagerung will ich jetzt gar nicht reden. Die Quittung dafür kommt später!«

Die Arbeiter nahmen keine Notiz von dem Redakteur. Sie begannen, die Raupe freizuschaufeln, gingen zielstrebig dabei vor, als wollten sie etwas ungeschehen machen. Der Chef hinter ihnen feuerte sie an. Der Mann trug Strickjacke und Halbschuhe und sah aus, als sei er geradewegs aus dem Fernsehsessel hierher geeilt.

Carola traute ihren Ohren nicht. »Den kenne ich!« flüsterte sie ganz aufgeregt dem Journalisten ins Ohr. »Der ist vom Tischtennisverein!«

Um Klein handelte es sich: Zum zweiten Mal tauchte er an einer Stelle auf, wo die Jugendlichen ihn kaum vermutet hätten. Das heißt, Bernd und Kuno waren gar nicht mehr so überrascht. Sie waren auch zu erschöpft, als daß sie der Jugendwart jetzt hätte aufregen können.

Carola überschlug sich schier vor Eifer, dem Redakteur die Zusammenhänge zu erklären, daß der Klein ein Vorarbeiter oder so was Ähnliches in dem Werk

der Chemko sei und gleichzeitig ein hohes Tier im Verein, was Gaul ja bereits wußte. Klein tat so, als wollte er hier mit niemandem etwas zu schaffen haben. Aber dann, als der Redakteur nicht lockerließ und Murten weiterhin fotografierte, kam es zu einem Disput. Klein versuchte, die ganze Aktion herunterzuspielen und drohte seinerseits damit, Anzeige zu erstatten wegen unbefugten Eindringens in das von der Chemko gepachtete Gelände (»Aha!« rief Gaul, »gepachtet, das ist ja interessant, das ist sehr interessant für uns!«) und wegen Behinderns der Arbeiten; er, Klein, habe die Vollmacht, sie auf der Stelle aus der Kiesgrube zu verweisen.
»Versuchen Sie es!« fuhr Gaul ihn an. »Uns ist es nur recht, wenn die Polizei endlich aufkreuzt!«
»Ich denke, es liegt Ihnen daran, die Kinder so schnell wie möglich herauszuholen«, sagte Klein.
»Natürlich! Beeilen Sie sich doch!«
»Hören Sie auf zu fotografieren!«
Murten nickte. Er hatte genügend im Kasten für mehrere Sonderseiten, wenn es sein mußte. Die Männer wußten nicht, wieviel er vor ihrem Erscheinen bereits aufgenommen hatte.
Endlich sprang der Motor der Raupe an. Mit ihr war es kein Problem, an die Tür des Wiegehauses vorzudringen, eine Gasse freizumachen. Eine tonnenschwere Last fiel den Eingeschlossenen von der Seele, als sie merkten, daß die Befreiung nicht mehr lange auf sich warten ließe. Was danach kam, war ihnen gleichgültig. Fast waren sie diesem Klein noch dankbar für sein Erscheinen. Wer weiß, was sonst geworden wäre. Die Raupe schob mehrere Fässer beiseite, die übereinanderkugelten. Gaul wollte wissen, was es mit den Behältern

auf sich habe. Klein wiegelte ab, das ginge sie erstens nichts an ...

»Hören Sie mal, Mann! Wenn wir hier halb vergiftet werden, soll uns das nichts angehen!«

»Laß doch gut sein«, beschwichtigte Murten den Kollegen.

Es handelte sich lediglich um harmlose Rückstände aus der Kunststoffproduktion, behauptete Klein, die hier für einige Wochen, höchstens drei Monate gelagert werden sollten, bis die neue Verladerampe fertiggestellt sei. Zur Zeit sei man etwas knapp mit Förderkapazität bei der Chemko, aber dies hier stelle nur eine Übergangslösung dar und sei keinesfalls Grund zu irgendwelcher Besorgnis oder zu Spekulationen, schon gar nicht in der örtlichen Presse.

»Wir werden sehen. Auf keinen Fall werden wir die Sache auf sich beruhen lassen,« kündigte Gaul an. »Die Chemko wird sich anstrengen müssen, der Bevölkerung ihre Machenschaften bezüglich der Giftmüllbeseitigung zu erklären.«

Wie lange hatte Bernd nicht mehr an seine geliehene Kamera gedacht? Jetzt fiel sie ihm ein, er tastete danach, fand sie nicht sofort, da sie im Sand vergraben war. Er hörte Teile der Unterhaltung draußen, aber begieriger war er auf die mißtönende Melodie des Raupenmotors, die anschwellend näher kam.

»Gleich sind wir frei!«

Elke saß im Sand, sie war zu schwach geworden, um weiter am Gitterfenster zu warten. Kuno hielt sich seinen verletzten Arm, da ihn jede Bewegung wahnsinnig schmerzte. Andrea und Siegfried hingen noch oben am Fenster und gaben ihnen den jeweiligen Stand der Bergungsarbeiten durch.

»Klein behauptet, das sei alles ganz harmlos, was in den Fässern ist«, sagte Siegfried.
»Das kann er sich selber glauben!« Kuno wurde beinahe wieder munter! Auch wenn sich das Gefängnis noch nicht geöffnet hatte. – Aber bald. Bis dahin war der Himmel blankgefegt, sauber gewaschen die Straßen im Dorf, wo kein Mensch gemerkt hatte, was sich in der Kiesgrube abgespielt hatte, wo die Fernsehbilder wieder scharf waren, rechtzeitig zum Krimi um viertel vor zehn ...

Man darf sich nicht alles gefallen lassen!

»Wird schon nichts Schlimmes sein«, hoffte Carola, wie um sich selbst zu beruhigen. Sie stand im neonerleuchteten Gang des Malteser-Krankenhauses. Eine Schwester eilte mit einem Instrumentenwagen vorbei. Eine Klapptür schwang auf, weich schnarrend öffnete sich ein Aufzug; irgendwo ertönte eine Glocke, die Uhr an der Decke zeigte halb zwölf.
»Die sind noch ganz munter«, meinte Siegfried.
»Genau«, fügte Carola hinzu, »nur ein bißchen lädiert. Ist ja auch kein Wunder.« Siegfried und Carola sahen selber recht mitgenommen aus, durchnäßt und lehmverschmiert, mit tiefen Ringen unter den Augen.
Die beiden warteten zusammen mit anderen vor einer Tür mit der Aufschrift »Ambulanz«. Dahinter wurden ihre Freunde behandelt. Man hörte murmelnde Stimmen, metallisches Klappern, leises Aufstöhnen.
Die Zwillinge waren mit Gaul und Murten in rasendem Tempo über die Feldwege hinter dem Rettungs-

wagen hergefahren. Während die Raupe den Eingang zum Wiegehaus endlich freibekommen hatte und die Bohlentür aufgeschlossen werden konnte, während der Redakteur und Klein stritten, hatte einer der Männer, dessen Gewissensbisse offenbar zu stark geworden waren, den Notarzt verständigt.

Die Szene war gespenstisch vom Blaulicht erhellt gewesen, als Elke, Bernd und Kuno dann ihr Gefängnis verlassen konnten. Totenbleich, vor Erschöpfung zitternd und unter den Folgen des Schocks stehend, waren sie zum Wagen gebracht worden, wo ihnen der Arzt eine Beruhigungsspritze gegeben hatte.

Ihren Eltern, die ebenfalls inzwischen im Krankenhaus eingetroffen waren, stand der Schreck über die Nachricht noch im Gesicht.

»Kein Grund zur Aufregung«, versuchte Gaul sie zu beruhigen und schilderte ihnen in knappen Worten den Hergang der Ereignisse.

Andrea war bereits von ihrer Mutter abgeholt worden. Murten wartete noch darauf, ein Foto von den Helden zu schießen. Er hatte auch Bernds Apparat bei sich, den sie aus dem Sand hatten retten können. Den Film wollte er später entwickeln und sehen, ob die Bilder noch zu gebrauchen waren.

Endlich öffnete sich die Tür zur Ambulanz, Elke und Bernd kamen heraus und wurden sofort umringt. Die Untersuchung hatte zum Glück keine ernsthaften Verletzungen oder akuten Vergiftungserscheinungen ergeben. Sie sollten sich nur ein paar Tage gut ausruhen, ordnete der Arzt an, als er sie in die Obhut ihrer Eltern und Freunde entließ.

Etwas komplizierter lag der Fall bei Kuno, dessen ausgekugelter Arm noch behandelt und für drei Wochen

in einen festen Verband gelegt werden mußte. Aber auch er konnte kurz nach den beiden anderen nach Hause gebracht werden, war nur eine Weile etwas behindert, besonders beim Schreiben. Trotzdem erschien in der ersten Ausgabe der »Kokosnuß« nach den Ferien ein langer Artikel von ihm, in dem es zum Schluß hieß: »... Ich habe versucht, die Vorgänge so sachlich wie möglich darzustellen. Zu bestimmten Vorwürfen, die wir inzwischen von der Schulleitung gehört haben, will ich sagen: Natürlich war es ganz schön leichtsinnig, auf den Zug zu springen. Sollte auch hier nicht zur Nachahmung empfohlen werden, liebe Leser. Es ist aber bestimmt nicht in Ordnung, wenn jetzt nur nach Fehlern bei uns gesucht wird. Vor der Kiesgrube wird hiermit gewarnt! Sie suchen immer noch nach den restlichen Giftfässern, und es steht noch gar nicht fest, wie viele dort eigentlich verbuddelt worden sind. Es handelt sich um eine Säure aus den Rückständen der Kunststoffproduktion, und sie ist auch in schwacher Konzentration höchst gefährlich für das Grundwasser. Daß damals bei dem Erdrutsch nur drei Behälter kaputtgegangen sind, war ein unwahrscheinliches Glück für uns! Ob Klein der Auftraggeber war, der diese Firma engagierte, ob in der Chemko noch andere von der Angelegenheit wußten – alles Fragen, die erst noch in einem Prozeß geklärt werden müssen, wie der ›Rechtsrheinische Anzeiger‹ schrieb.

Die Firma gibt übrigens eine Broschüre heraus über das, was sie angeblich alles für den Umweltschutz tun. Sie wollen wohl vergessen machen, was sie bisher alles nicht getan haben! Neulich ging wieder eine dermaßen stinkige Giftwolke über unsere Schule hin, daß es einem den Atem nahm. Und der Zug fährt auch weiter,

ohne daß die Übergänge ausreichend gesichert sind. Angeblich ist alles legal.
Es sei jetzt noch darauf hingewiesen, daß Herr Feldes eine Arbeitsgemeinschaft eingerichtet hat, die sich mit Umweltfragen beschäftigen soll. Wer Interesse daran oder Vorschläge dazu hat, möge sich bitte melden. Wem von unseren geschätzten Lesern das alles zu unwichtig vorkommt, der wende sich an die Redaktion der Schülerzeitung. Wir haben eine Mappe mit Informationsmaterial zusammengestellt zum Thema Umweltverschmutzung. Jeder kann gerne Einblick nehmen, der meint, daß wir übertreiben. Ihm werden die Augen übergehen!«

Die Geschichte blieb Gesprächsstoff, die Diskussionen am Rentnertreffpunkt und in den Neubaugebieten ebbten nicht ab, zumal der »Anzeiger« laufend über die Aufräumarbeiten in der Kiesgrube berichtete. (Es waren übrigens auch Fotos von Bernd veröffentlicht worden. Jetzt konnte er sich das Rad endlich anschaffen.)
»Ich bin nur froh«, erklärte ein Bürger im Kabelweg, »daß die ganze Sache rechtzeitig ans Licht gekommen ist. Wer weiß, wie lange die noch ihr Gift vor unserer Haustür vergraben hätten.«
»Unangenehm genug«, sagte sein Gesprächspartner, »was wir alles hier einatmen und schlucken müssen, womit sie dauernd die Luft verpesten. Aber in Zukunft können sie nicht mehr an der öffentlichen Meinung vorbei.«
»Ganz richtig!« bestätigte der erste. »Man darf sich nicht mehr alles gefallen lassen …«